모나리자 증후군

성은경
시집

KB193337

모나리자 증후군

성은경
시집

도서
출판 북인

빗물이 만든 시냇물 위로 떨어진 나뭇잎이
물무늬에 젖어 아롱아롱
웃는 얼굴이 된다

일상에
사력을 다해 남은 건
덩그러니 당신이라는 슬픔이던가!

오늘이 사라지는 곳
중얼거림으로 원고지를 채우며
사방이 투명한 내일을
애써 기다려본다

늘 그래왔듯이

2025년 2월 다저녁
성은경

차례

시인의 말 5

1부

여행의 시작점 · 13

물의 뿌리 · 14

모나리자 증후군 · 16

직립의 방 · 18

달의 기울기 · 20

장미 문양 매트리스 · 22

냄새의 이면 · 24

무릎 없는 무릎 · 26

울음통 · 28

물끄러미 · 30

달콤한 힘 · 32

휘발 · 34

자라는 혀 · 36

낮은 귀 · 37

2부

바리케이드 · 41

오카리나 · 42

위험한 방 · 44

비밀의 혀 · 46

봄 주의보 · 48

새발뜨기 · 50

성호를 긋다 · 52

스토리텔러 · 54

시인이 아닌 · 56

아서라 · 58

낭떠러지 · 60

문득 그리움 · 62

아버지가 펄럭입니다 · 64

유혹 · 66

3부

말 태우기 · 69

당신 사랑은 16브릭스 · 70

몽환 · 72

모항에서 · 74

은행나무 · 76

자라는 허공 · 78

이월과 삼월 사이 · 80

덤 · 82

데자뷔 · 84

조팝꽃 밥상 · 86

콜라 캔 · 88

장마 · 90

한밤의 짐승들 · 92

확 · 94

불청객 · 96

종이, 당신으로 살다 · 98

4부

간절기 · 101

감물 · 102

가위가 필요해 · 104

오후 네 시의 나 · 106

그림자들 · 108

낮잠 · 110

거미줄 · 112

그 여자, 4월 · 114

반어법처럼 · 116

그 여자 · 118

꿈에 그를 보았다 · 120

구석 · 122

나이 속이기 · 124

고백 · 126

낭만과 바게트 · 128

해설 휘발된 시간, 응고된 상처 / 김정수 · 130

1부

여행의 시작점

산책로 틈새 꽉, 피어 있는 민들레 한 송이
바람이 스쳐도 눈 깜박이며
온 하루에만 몰입하지
누가 길을 물어도 말은 나오지 않고
뭉개진 손톱 밑 핏줄 그림일기를 보여주지

간밤 살짝 내밀었던 엄지 짓이겨지고
아파할 겨를도 없이
새끼손가락이 바스러졌다
아무도 없는 음지로 숨고 싶었지만
내 안에 솜털 보송한 어린 것이 마구 돋아나
한낮의 햇빛 한 움큼 당겨쥐고
또 오늘을 버텨내지

봄비 그친 햇살 아래로
실핏줄 끝이 원없이 부풀어오르네
어린 것들은 까치발로 보이지 않는
먼 하늘을 보고 있네
이제 흩어질 시간, 멀리 날수록
성공적인 이별여행의 시작이야

물의 뿌리

갑천이 유등천을 낳느라
물의 숨소리 거칠어지는 거기,

개여울에 걸쳐진 나뭇가지에
먹이를 물고 집 찾아가는 개미들처럼
천변도로 위 자동차들 바쁘게 길을 떠민다
물에 젖지 못하는 부유물 몇 더미
서둘러 아래, 아래로 길을 재촉하는 사이
바람에 쓸려 기우뚱하던 물,
제 속도를 찾지 못하고 밀려간다
저렇게 물의 층계를 밟고
함부로 휩쓸린 물살, 흘려보낸 젊은 날들은
쿨럭거리다가 마침내 어딘가로 사라지는 것

겨울을 견딘 수척한 몸뚱이 사이사이로
다시 잎새 무성하게 키우는 늙은 갈대
저 단단한 뿌리를 생각한다
축축해진 눈시울도 잠시,
물의 중심부 쪽으로 뿌리를 뻗는
내 발바닥의 실핏줄

물관부가 팽팽해지고 세포가 일어선다

고통이 만져지는
주머니의 조약돌 물에 털어버린다
꽉 쥐고 있던 것들의 뒤통수를 당겨
물무늬를 그린다
뿌리가 없는 것들의 헛발질
예약된 다음 생이 궁금하다

모나리자 증후군

거울 뒷면에서 날마다 꾸는 꿈은
실패한 반란이었어

예리한 감각은 불만이 가득 자란 헛바늘로 따가웠지
불안에 불편을 심은 반쪽짜리 자화상,
보호색 덧댄 장난감 피에로처럼 웃어도 보았어

어두워지는 눈에 풀칠하고 방바닥에 몸을 펼쳤지
암전의 순간, 가느다란 숨이
종이처럼 얇은 감각들을 간질이기 시작했어

몸을 움직이면 얼굴이 무너집니다

견고한 벽으로 돌아가고 싶었어
끈적끈적한 검은 피, 바늘 끝을 타고 들어와
눈두덩 위의 내재율로 자리잡기 시작했지

두 마리 기러기가 날개를 펴는 상상
사람들의, 눈썹부터 일그러지는 실소를 떠올렸지

삼파장 램프의 바깥, 바뀌지 않는 신호등
이제 우글거리는 말로 치약처럼 줄줄 짜내볼까?

깜박거리던 램프의 등이 꺼졌을 때
거울 속으로 내 얼굴을 던져버렸어

벽을 깨고 나온 모나리자, 마스카라를 꺼내들었어
함부로 눈썹을 밀어버린 당신들을 무어라 불러줄까

직립의 방

대숲이 제 안에 바람을 들인다
바람은 키를 늘이며 섶을 여민다
삶의 깊이 재어보고 싶은 새들
수시로 아래위로 오르내린다
쪼갤수록 날카로워지는 날들이
서로 부딪히다 나락으로 떨어지는 저녁답

대숲은 왜
저 꼿꼿한 생들을 불러들여
직립의 방에서 칼잠을 자라 하는가

제 속의 그늘도 점점 깊어지는 밤
새의 부리에서 떨어지는 언어들
댓잎의 시커먼 머리칼을 타고
홀소리로 흘러내린다
허옇게 말라 바닥에 쌓인 바람의 뼈,
나는 함부로 바람의 길을 물을 수 없었다

어스름이 대숲을 읽어내리고
마지막 신도信徒가 마을로 돌아간 대숲,

푸른 독경을 안으로 곰삭히는
모든 방은 지금 만원,
바람을 깍지낀 묵직한 고요
저 캄캄한 둥지에 대숲은
시간의 무르팍을 꺾어 앉힌다

달의 기울기

달을 품은 우물이 바람에 끌려간다
절뚝거리던 달이 굴러떨어진다
늪은 굳게 입을 다물었고
두근거리며 찾아나서는 몸의 길
아득하다
기울기에 따라 조금씩 어두워지는 달,

얕은 꿈에서
뭉텅뭉텅 머리카락이 빠진다
꿈을 밟고 선 자리에 낡은 저녁을 펼친다
지워진 해거름,
내 몸은 낯설고 늪의 가장자리는 미끄럽다
끝내 몸이 놓친 문장,
꿈은 꿈에서 길을 잃는다

— 해를 내다 걸면 생의 뒷문에 볕이 들까

꿈처럼
기억의 늪에 허우적거리는 달을 들어올린다
하늘이 마알갛게 눈을 뜬다

보름달은 이미 기울고
찾아오지 않는 달거리 쪽으로
자꾸만 돌아보는 달의 그림자,
기억의 페이지를 뭉툭 잘라낸다

덜컹거리는 풍경을 걷어내고
뿌리 상한 달을 우물에 헹군다

장미 문양 매트리스

장미꽃밭에 누워 꽃 한 송이를 꺾습니다
꽃잎 하나 얼굴 위로 살짝 내려앉네요
꽃잎 쪽문 한 장을 열자
부스스 잠이 덜 깬 남자가 일어납니다

장미꽃잎이 내 잠을 만집니다
그가 내 옆으로 내려와 날개를 접네요
그의 숨소리와 입술이 섞이다 향기롭게 흩어집니다
멀어졌던 사랑이 다시 돌아오고
향기에 취한 나, 움직일 수가 없네요

한 잎 한 잎 열리던 나의 꽃밭
오늘 밤 드디어 만개합니다
붉은 가시를 꾹꾹 밟던 제자리걸음
어디로도 길을 내지 못했었지만
꿈속처럼 그가 쓰다듬는 족족
가시는 꽃잎으로 펼쳐지네요

점점 꽃잎이 따뜻해져요
그의 왼쪽 심장 아래 나는

아직도 숨가쁘게 나폴거립니다
바람도 가만가만 뒷걸음질로 비켜가네요
새벽 두 시, 시계는 멈추고
장미 문양 매트리스 위 그가
다디단 잠속에 빠집니다

냄새의 이면

주방 한쪽 구석에서
꿈틀대던 퀴퀴한 냄새가 검은 봉지를 열고
안방으로 쳐들어와
나를 덮친다
비틀어 묶은 입막음도 잠시
밀어올리는 냄새에 저어하는 몸짓

육중한 가벼움 들어올리는 이면엔
분명 배후가 있다

한 생의 마지막 몸부림이듯
허투루 죽어가는 것의 팽팽한 긴장,
짧은 생은 누구에게나 허락된 슬픔이듯

밀치고 저만치 빠져나가는 시간
쉽게 파괴되는 생의 손아귀
되짚어보는
만남의 눈물겨운 약속은 어디로 갔나

쉽게 분리되어 내던져지는 마지막 생

천천히 걸음을 거두어간 사체의 연기
어디에도 찾을 수 없다

쪽문을 연다
왈칵 밀려들어오는 눈물의 냄새
낮인지 밤인지 모를 슬픔 위로
반쪽짜리 하현달이 보인다
냄새도 제 죽는 줄은 모른다지
태어날 때 이름만 기록에 남을 뿐

무릎 없는 무릎

무릎 사이로 온몸을 구겨넣은 사내
지하도 계단에 단단히 박혀 있다
바짓단 안에 감춘 무릎
지상을 디딜 수 없는 주검으로 딱딱해지고
오래 전 두고 온 낡은 구두코처럼 희미해지고

지레짐작한 근심 드러나 보이듯 삐죽
배고픈 쪽을 향하던 관절도
가파른 계단 아래선 늘 치명적이어서
양은 그릇이 담은 찌그러진 허공 한 줌에 잡혀
날숨만 뱉는다

잘그락, 가벼운 동전 소리
무릎 없는 무릎 위로 떨어진다
호기심으로 다가오는
살아 있는 것들의 발소리는 휘발성이 강하다
식어가던 도시의 밤은 차갑고 딱딱해
오래 만지던 생각도 주머니에서 굳어버렸다

빠르게 부화한 어둠들

지상의 자양분 삼키려 달려드는 시간
발소리만 자부룩 빨려드는 지하 쪽으로
버둥거리던 하루, 또다시 무너진다

울음통

커다란 울음통을 가진 거야
울음이 넘칠 듯 찰방거려도 넘치지 않는

환한 계절은 미리 떠났거나
오지 않거나
그 계절엔
먼저 피어난 꽃이 먼저 떨어지는 법이란 없어
꽃은 미친 듯 뒤죽박죽 피고
어떤 꽃은 눈물 속에서 피었다가 안개 속으로
떨어지더라
꽃이 곧 질 거라는 슬픈 소문에
가을비는 수척해지지
나도 덩달아 수숫대처럼 말라가네

뜬소문을 믿어야 할까
히키코모리를 동정하지 마
고립은 병을 부르고
알약을 공중에 뱉고, 그 이후
뜬소문 뿌리를 찾겠다며 떠나가서는
아직 오지 않았지

아무도 기다리지 않아

해가 뜨는 사연이 궁금해
해가 지고 난 뒷얘기는 또 어떻고
시간이 정지되어도 기어코
뜨고 말 거라는 해의 사연은 누구에게 물어보나
피었다는 죄를 안고 소리 없이 지는 꽃들의
절절한 사연은 또 어떻고

지는 꽃이 다시 피지 않아도 울지 않는 사람
소문이 질질 땅에 끌려 뒤축이 부풀어도
아무에게도 따지지 않는 여자
그녀의 울음통은
쉽게 넘칠 수가 없는 구조라는 걸, 잘 알지

물끄러미

지문 다 닳은 문장을 열어요
글씨마다 침이 묻어 있어요
잠이 엎드려 얼룩진 문장들
깨어보니 하얀 침묵이 서렸네요

밤새 굴리던 눈동자
울어서일까, 울지 못해서일까
새벽노을로 익어가고
밑줄 친 나의 문장들은 대체
누가 찢어갔나요

덧니에 다시 덧붙인 희망도
통증 견디던 사랑도
눅눅한 마음을 끌고 줄 바꿈하였어요
눈물 번져 생략된 행간들
페이지 하나 넘지 못하고 쓰러지던 밤을
물끄러미 지켜보았나요

그치지 않는 헛기침처럼 날아간 날들
머리맡에 흘린 머리카락같이

새까맣게 숨기며 웃던 밤을
물끄러미 지켜만 보았나요

달콤한 힘

상처는
날카로운 것에서만 생기는 게 아니었어
입속에 사탕을 가득 넣었던 어머니
시뻘건 피 머금고
빙그레, 붉그레, 찡그리며 웃으시네
두 손 가득 움켜쥔 달콤함과
꽉 다문 입술 밖으로
흥건히 젖어나는 저 붉은 힘

단맛의 고통일까 고통의 단맛일까
한평생 달콤함을 가장한 상처의 뒷맛일까

사탕이
달콤한 것만은 아니었네
동그란 몸속에 숨긴 배반의 가시
입속에 갇힌 어둠의 벽을 찌르고
피투성이로 탈출하는 것이야
모든 쓴맛을 뱉으려는 내 손가락에 맞서는
저항의 맛이었네

달콤함에 목마른 그대들 앞에서
나는 오늘 기어코 보고 말았네
그대 이미 갇힌 입속의 아픔도
상처의 흔적도
굳어가는 혀 밑으로 모두 숨기고 싶은
어머니의 마지막 종교였다는 것을

휘발

낮잠을 밟고 눈을 떴을 때
너는 없었지
햇살에 촉을 세워 네 얼굴을 찾았던 거라
늘 90도 각을 고집하던 넌
180도 밋밋한 그림자로 투명해지고
눈 감고 널 불러 꿈속을 뒤졌던 거라
서늘한 내 가슴에 갇힌 넌
대답 대신 검은 손등을 보였지

체취 다 휘발하기를 기다린 난
손잡이 헐렁한 유리문을 두드렸지
다 보일 듯 어두운 이곳에서 이제 너에게
다른 길을 물어도 될까

왼쪽 오른쪽을 모르는 것도 아니고
해독 못할 상형문자도 아니어서
출입금지 표지판 앞에서 당황하지만
손잡이 부서도 열 수 없는 투명한 미로로 네 얼굴은
느린 듯 빠르게 휘발하지

기화가 시작될 것들 울음만 수북한
길 없는 길을 발 없는 영혼만 낮잠 밖으로
발밤발밤
내 그림자로 따라다니는 거지

자라는 혀

송곳니가 혀에 깨물렸지 가두지 못한 말, 붉은 입술이 새어나가네 새어나간 말 너의 혀에서, 그의 입에서, 질겅질겅 씹히다가 풍선처럼 부풀었네

손가락 끝에 붙은 풍선껌은 글씨로 자라고 손가락 사이를 빠져나간 붉은 말들이 축축한 문장에 뿌리내려 잎사귀가 돋고, 짧은 시간이 꺼내 입은 크고 헐렁한 옷 품속으로 좀벌레 같은 말과 글들은 팽팽하게 살이 오르네

말의 혀를 잘라보자

시간에 갇힌 뿌리 없는 말이야 언젠가 시들 테지만 놓쳐버린 혀는 어디서 찾을 것인가 불쑥불쑥 남의 혀에 부대끼는 더부룩한 말들 꼬리 흔들며 헤엄치는 글자들 체머리 흔들며 안팎으로 진저리칠 거야

나불나불, 혀끝에서 되살아나는 말의 꼬리 속수무책이네 색깔이 없는 혀가 도로 거두지 못한 마지막 문장 어디로 숨어들었나 손가락만 허공에 날아다니네

낮은 귀

내 목소리에 놀라 귀를 막는다

눈 부라리는 바람에 맞서는 악다구니
사거리 쪽, 층계를 내려온 골목들 동시에 금이 가고
가까스로 졸음의 무게 버티던 가로등
백태 낀 눈을 슴벅인다
몸 반대쪽으로 건들거리다 나동그라지는
빈 맥주 깡통 목소리 위로 속도가 지나간다
용케도 견디던 시간 위로 몇 번 속도가 더 쓸려나가자
납작해진 귀, 목소리는 죽어버렸다
제 목소리 들을 수 없어 슬픈 귀 바닥에 엎드렸을 때
들리기 시작하는 풀벌레 울음소리,
감긴 눈으로 듣고 낮은 귀로 듣는다
몸져누운 아버지 귀가 사립문보다 먼저 바깥을 들여앉히곤 했다
납작해질수록 먼데 소리 잘 들으시던 아버지 목소리를 잃은 후
세상 모든 소리 듣고자 스스로 바닥이 되었다
너무 멀어진 저녁은 다시 오지 않았지만
언제쯤 소리의 음각 가까이로 내 귀는 열릴까
바람을 향해 내지른 양철북 같은 내 목소리에 조용히
귀를 틀어막는다

2부

바리케이드

젊은 정원사의 돌연사로 정원은 폐쇄되었다
새 정원사 자리를 염탐하는 사내들
정원은 소문으로 물컹거렸다
구름 사이를 들락거리며 밤을 지키는 달,
발소리 죽이는 사내들 꽁무니에 푸른 가시광선을 찔러놓는다
달의 존재를 알아채는 사람은 없었고
그런 밤, 죽은 정원사와 숨바꼭질도
제 그림자와 엎치락뒤치락 혼잣말로 끝났다

(거기, 바깥은 봄인가요?)

꽃멀미가 밀어올리는 수액에 몸이 뜨겁다
죽은 정원사가 버려둔 가위에 녹물이 스밀 때
도드라진 유두의 발기, 붉은 기억들, 안에서 밖으로 진저리친다
가까스로 울음의 수위를 조절하던 그녀의 뒤꿈치 같은 시간
어디에다 감추어둘까

마른 가랑잎 들추어보는 거기, 봄도 길을 잃었는데
담장 밖 콘크리트 심장에 죽은 정원사 속옷 겹쳐 입은
시커먼 그림자를 열어젖힌다

오카리나

1

멀리 가지 마,
아직 걸음마를 연습 중이잖아

때마침 아기 새
층층나무 이파리 들어올리고 걸어나오는 거라
더 높은 음계를 향해 갸웃갸웃,

나뭇잎 흔들며 허둥대는 어미 새
첫 발걸음이 불안했던 거라

무섭지 않아 엄마,
꼭대기까지 갈 거야
나뭇가지를 손가락처럼 파르르 떨며
구멍 속에서 음계를 끄집어내는 거라

2

바람소리가 제 음계를 찾아 구멍 속에서 나온다, 절대음
감을 찾아 도돌이표 가장자리로 수없이 날아오르는 손가락
들 고유의 음역대가 새소리로 만져지는 날엔 새로운 이름

을 붙여줄 거야, 너에게

3

매일 밤 꿈 안개 골짜기에서 날아온 흙냄새가 났던 거라 흙바람은 동굴에 오래 갇혀 있었고 작정하고 덤빈 바람에 첫 입술을 빼앗긴 날부터 한 해를 보낸 어느 봄, 악보에서 풀려난 음표들이 숲을 돌아나와 층층나무 가지에 꽃망울을 차례로 열어젖혔던 거라

음표를 물고 날아다니는 새소리,

4

하늘빛 흐린 날만 골라 울기 좋아했던 나는 나뭇등걸에 기대어 울음 구멍을 막는데 한 계절을 다 써버렸지만, 하나를 막으면 다른 구멍이 열려 울음 통로가 생기곤 했어

5

그 봐, 조금 자유롭지 않니?
반주가 생략된 저녁이 낮게 흐르면

위험한 방

비밀 없는 열 개의 방들이 위험한 계절이다
살빛 지우는 붓끝으로 시간을 덧칠한다
기억 밖의 기억 몇, 단내나는 바람으로 비틀거리고

손가락 벌려 달그림자를 조심스레 찍어 먹는 여자
유독 휘발성이 강한 추억에 집착하는 여자
덧댈 수 없는 인연에 걸려 넘어진 그 여자

제 그림자 바짝 말라버리면 무엇으로 허기를 채울까

눈을 감고 입속에서 빨랫줄을 끄집어내곤 하는 마술이
젖은 빨래에서 딸려나오는 여자를 들춰업는다
가파른 계단을 오르는 허공 쥐어짜는 웃음소리 반대쪽으로
서늘한 해가 기운다

노을을 핑계로 오늘 하루 실컷 울 수도 있겠다

늘 불안했던 자리 위에 매니큐어를 덧칠한다
제각각 원색으로 방을 채우는 이 발칙한 도발
성장판 멈춘 손톱 밑으로 키 큰 하늘을 밀어넣는다

순한 언어들마저 제풀에 숨을 놓는 계절

살빛 손톱 재근재근 씹으며 한나절은 실성해도 좋겠다

비밀의 혀

태양의 혀는 감각을 잃었다
우리들의 혀는 조심스럽긴 해도 아직 쓸 만해

땅속도 이글거리는 지구,
캄캄한 출구 앞을 서성이는 계절 이후를
그냥 적도라 부르기로 하자

계절의 한낮은 소문대로 길어지고
바람이 증발하는 환경에서 살아 있는 것들
곡소리 없이 조금씩 사라진다
증발 마지막에는 무엇이 남을까
무엇을 만드는 건가, 기어이 큰일을 내고 말 것인가

태양은 혀가 타들어가도 공평한 거야
태양의 등 뒤에서 함부로 내다버린 양심들
죽은 애완견 그믐밤에 버리고 온 밤은
느닷없이 달려드는 늑대에게 쫓기는 꿈을 꾸었지

저 태양은
삼복의 정오 시간을 지키느라

날마다 되새김질에 바쁘고 지구는 뜨겁다
태양에 물린 지구의 환부, 세계 곳곳은
지난 날 기억들을 잃어간다

무엇을 만들기 위해
아니, 함부로 그 무엇도 만들지 않기 위해
최선을 다하는 숨소리 죽이며
뜨거운 골목마다 늦은 비상등을 켠다
두근거리는 심장
박하사탕에 쓴맛이 배도록
마음 바빠지는 치유의 시간 조금만 더
할애해다오

우리는 비밀의 혀로 조심조심 환부를 핥아낸다

봄 주의보

햇살 비치려다,
안개였다가, 구름이었다가,
오전인가, 오후인가,

헝클어진 먼지알갱이가
햇살에 스며들어 길을 먹고
저물도록 허공을 비트는 하루였네

물정 잊고 목젖 드러내며 웃는 꽃
저 환한 미래가 불안이네
하얀 꽃망울 바라보는 눈빛도
헛헛해지는 날이네

불안하네
앞니 굳게 다문 바람의 입술
종일 허공에 갇힌 잿빛 구름
펼친 오후가 드러누운 편의점 평상이

달력에 불러 앉힌 이번 봄이 사라져도
흙부스러기 떨어지는 들판에 우두커니,

봄이 떠밀리듯 가는데
나의 봄은 아직이네

새발뜨기

바짓단을 뒤집어놓고
바늘과 실로 이야기를 또박또박 기울 거예요
숨어서 하는 이야기 밖으로 새어나가지 않아요
일기예보도 가끔 예측을 비켜가지만
오버로크로 감추면 다 좋은 말이라는 착각은 금물이에요
콩밥 겁 먹는 시침질,
미봉책의 휘갑치기도 있잖아요

이야기는 왼쪽에서 오른쪽으로 엮어야 해요
앞으로 진행 보폭은 선택, 뒷걸음질 한 땀쯤은 필수,
급하다고 이야기를 건너뛰지 말아야 해요
종반까지 갔던 줄거리를
다시 풀어야 할 일이 생길 수도 있다고요
이야기가 꼬이면 잠시 바늘을 놓고
제풀에 풀리게 하늘에다 맡겨봐요
빙글빙글 돌다 멈추는 시점, 잘 포착하세요

하지만 당신 바짓단을 가두는 건 아니에요
미로는 빠져나갈 수 있지요
이야기가 지겨워지면 잠시 쉬어요

자칫 손톱 밑을 찔러
붉은 핏물 이야기가 줄줄 샐 수도 있으니까요

당신, 여태 상상했던 이야기와
많이 다르다는 걸 느꼈지요
이야기 꼬리를 물고 잠방잠방 걸어간 참새,
그 예쁜 발자국을 상상했어야죠
종종종 찍힌 발자국을 따라가다보면
잠시 잠깐 황홀감을 맛볼 수 있을 거예요

보세요, 한바탕 돌아가다보니
빼곡한 문장이 서로 손을 맞잡았네요
이젠 마무리, 매듭은 되도록 촘촘하게

성호를 긋다

술 취한 듯 한쪽으로 기울어져 말하지 마
네 진심을 바로 읽을 수가 없어
아래서 위로 보지도 마
흔들리는 눈동자가 하늘을 잘못 일러주게 돼
위에서 아래로 보는 건 더 위험해
깔보는 것 같은 자세에 당황하고
어설픈 망치질에
불꽃을 일으키며 수시로 달아나는 너
네 손가락에 피멍 들지

잡고 때리기보다는
널 알아야 했어 날카로운 너를
내 품에 품었을 때 비로소
대화의 실마리가 풀리고 조금씩
서로를 이해하고 널 껴안게 되었어
너도 상처를 허락하기 시작했지

벽이 나무였으면 했어
바람이 수시로 푸른 그늘을 흔들고
흔들다 지치면 돌아와 잠들고 싶었거든

그래, 어머니 가슴같이
파고들 때마다 쉽게 품어주는 적당히 무른 곳
하지만 파고들기 쉬운 품일수록
못은 깊이 박히는 법이어서
나도 어머니 가슴에서 무시로 따끔거리는
깊이 박힌 못이었지

성호를 그었어
또다시 기도 가운데에 못질을 시작하지

스토리텔러

비 지나는 강둑을 걸으면
강 깊이만큼 큰 숨을 쉬며
강물에 밀려온 지난 이야기들
수초 부여잡고
순서 없이 풀려나오지
진창이 된 발자국 밑
수렁일 줄 몰라서
절벅절벅 헛걸음되어
제자리만 맴돌 때
땅은 파이고, 너는 소리내 울고,
흔들린 들풀마저 쓰러지고 마는데
비 사이를 빠져나온 나는
능력 없는 스토리텔러

자귀나무 아래
자결하며 떨어지는 빛의 주검들을
짓밟으며 살아온 아픈 사연들도
들어봐야지
중얼거리던 빗소리 끄트머리에
폭우가 지나가네

액화되지 못한 이야기들 여기저기
주저앉아 미친 듯이 울부짖다
쏟아지는 저 사연은 꼭
들어봐야 해
저물도록 오가는 통곡의 물소리도
처음 풀어놓는 이야기처럼
허공 쥐어짜며 들어봐, 들어봐
실마리 찾아 악다구니 쓰네

시인이 아닌

누가 말했다
한 줄의 시를 쓰지 못해도
시를 가슴에 품고 산다면
시인이라고

시는 낭만의 표출일 뿐
밥이 되지 못하는 것
주머니를 채우지는 못하는 것
낭만은 현실의 뒤란 어디쯤에
꼭꼭 숨어 숨죽이다가
잠시, 감성의 아킬레스 느슨해질 때
샐죽샐죽 걸어나와 흥을 돋우는
추임새 같은 것
쌀을 씻다가 가계부를 쓰다가
자주 하늘을 보지만
책을 읽지는 않는다
시를 쓰지는 못한다

현실보다 빨리 비워지는 게 시심詩心이다
눌려 허우적거리는 시심 살리려

돌덩이 들추지 않고
삼동 견뎌낸 꽃다지 여린 싹
싹둑싹둑 잘라
색다른 맛의 죽을 쑤어야만 하는
현실의 질곡

누가 감히
어불성설語不成說 던지는가
한 줄의 시를 쓰지 못해도
늘 시를 가슴에 품고 있다면
시인임에 틀림없다, 고

아서라

눈동자 크게 굴려 너를 물리치는 일
부질없다

성큼 먹구름처럼 다가와서
소름 한 톨까지 삼키는 이 서늘한 품
재재거리던 아이들은 어미 품으로
내 늙은 애인은 젊은 애인 품으로 녹아든 밤
얼굴 없는 사람들 발걸음만 다녀간 대문
와랑와랑 흔들어봐도 불은 켜지지 않고

여보세요, 거기 누구 없소*
피죽도 못 얻어먹은 목소리로
너를 물리치는 일은 아서라

불을 켜고 잠든 적이 있었지
낡은 벽시계는 컹컹, 자주 딸꾹질을 했어
널 지켜보겠어, 작정한 그믐밤을 불빛이 물어뜯었지
그렇지만 지는 건 불빛
농익은 불빛의 뒷면으로 끌려나가며 킬킬거렸지
중간중간 깨는 잠을 다시 누일 때

직립으로 모여드는 수많은 귀들

그 누구 있어 새벽을 깨운다 한들
닫을 눈꺼풀이 없는 물고기가 아니니
제 눈 감으면 그만이라는 관심 밖의 일
이곳 대장은 거대한 어둑서니

어깨 펴고 후다닥 뛰어보면
맨발이 닿는 곳은 살이 올라 물컹거리는 허공
허공에 발이 묶인 나는
길 어느 쪽도 볼 수 없다

아서라, 골목 귀퉁이에 버려진 내가
최초인 듯 최후처럼 손 저어 길을 내는 일 따윈

*가수 한영애가 부른 노래 가사에서 인용.

낭떠러지

바람이 칼날을 핥고 있다
피범벅의 혀로 돌아간 바람, 내가 잠든 사이
수천의 바람을 덧대고 와 바싹,
내 앞에 알몸 들이댄다
칼을 던져버린 나는
들릴 듯 사라지던 당신, 구두소리같이
딸각딸각, 이빨을 서로 부딪치며 묻는다
왜 내가 잠든 사이 제 몸 난도질하여
시퍼런 바람을 낳았는지,
왜 수천의 꿈을 도용하여
한 방울의 끈끈한 눈물로 태어나는지

건드리지 않아도 툭 터질 것 같은 바람주머니
헐렁한 가랑이에 매달린다
저 캄캄한 아가리에는 이미
헤아릴 수 없는 돌부리가 가득하다
걸을수록 가랑이는 심하게 흔들렸고
흔들리는 반대쪽 하늘 당겨 안으며
당신, 하고 불러본다
가슴을 바로세우는 일은

내 안의 바람을 쓰러뜨려야 하는 것
심장을 덜어낸 구덩이엔 허공이 출렁거린다

나는 잠시 벼랑 끝을 차오르는
힘센 바람에 시야가 흐려진다
이리저리 칼질로 영역을 표시하는 바람의
시퍼런 잔등을 쓰다듬다가 다시
당신, 하며
낭떠러지를 돌아본다

문득 그리움

마산대학을 지나
1004번 국도 천천히 따라가면
간이역이 나오고
역전 옆, '문득 그리움' 찻집으로 든다

비루함의 절정에선
그리움도 과분하든가
가을비, 가을비, 중얼거리면
떠오르던 얼굴은 생각 없이 젖는다

주차 표지 아래엔
이름에 걸맞지 않은 포클레인
흙 묻은 손 가을비가 간질인다
인생을 알 만한 나이 여자 주인은
아까부터 휴대폰 액정에 검지의 시간을 찍어내고 있다

빗방울이 또르르 말려 떨어지는
둥근 창가
잊힌 사람 곁 서성거리며
식은 사랑에 뜨거운 커피 리필한다

눈, 코, 입이 생략된 뒷모습이다

사랑 이후가 생각난다면
새로운 그리움인가 닮은 듯 다른 이별인가

목이 메는 비가 창에 기대어 후드득거린다
저물도록 젖은 문을 어정쩡 민다

문득,
그리운 이라도 떠올랐을까
양 볼 발그레한 낙엽 한 장
미는 문 안으로 냉큼 들어선다

아버지가 펄럭입니다

귀를 틀어막은 언니 실연 이유를
허공에 쓸어 넣고 있을 때
깃발은 펄럭이지 않았다
언니가 눈물 찍어 쓰던 일기장을 덮고
오빠가 근이 배인 담배 구겨버렸을 때
깃발은 무게 견디기 힘들었다
기어코 펄럭이지 않던 날이었다

식구들 마음의 갈피마다
깊게 들앉은 깃발의 무게 중심에
해는 동東에서 떴다 서西로 지고
흩어진 식구들도 저녁이면
깃발을 향해 모인다는 것을
쉽게 알아차리지 못했다

무거운 깃발이 한번 펄럭이면
부르지 않아도 모여드는
제각각 떨어져 살던 식구들
저 망설이지 않는 걸음들
한눈팔기만 일삼던 막내 마음도 언제나

깃발을 향해 열려 있었던 것
바람은 늘 깃발을 향해 불지만
흔들리듯 굳건한 깃발,

유혹

이 추위 끝나면
긴 생머리를 짧게 잘라야지
먹빛 털 코트 벗어 아궁이에 넣고
목선 훤한
시스루룩으로 봄을 유혹할 거야

귀퉁이마다 창문 열어젖혀
켜켜이 쌓인 겨울 무게가 바람 앞에 주억거리면
이때다, 탈탈 털어 이별할 거야
언 땅의 꽃씨도
봄의 유혹에
우주를 들어올리지 않더냐

봄 햇살이 내 방으로 뛰어든다면
그리던 사람을 만난 그날처럼
오래도록 포옹하고
창 활짝 열어놓은 채
누가 보란 듯 키스도 해야지
옥빛 침대에 깔린 햇살은
제 몸에 연둣빛 멍 생긴 줄 모르고
까르르, 샐쭉, 삐쭉, 비웃을지라도

3부

말 태우기

세모의 밤 마주 앉은 중년 부부
이미 2인분 홍조 짙은 사람들
추가 3인분의 말들로 왁자한 골목집 한편
소주병 두어 병 가벼워지도록
세상을 향한다 해도 독백이 되고 말
불판에 태우고 있다

저 홀로 익어 미처 바꿀 겨를 없이
아니, 상하 뒤집어도 똑같은 말은
거침없이 타들어간다
어렵사리 올려놓은 안줏거리 한마디가
나무젓가락을 붙잡고 간신히 버텨보지만
탄다, 더 탄다

자정이 지나 태워버리고 나선 문밖
차마 버릴 수 없는 말까지
수북이 쌓인 가슴에 남은 채
시커먼 연기도 따라나와 머리 위를
빙빙 맴돈다

당신 사랑은 16브릭스
— 멜론 같은 사랑법

1

속내를 보이지 않는 당신,
이건 사랑이 아니야

2

냉장실 1번지에 그물로 옥죈 멜론
외벽 벗겨내고 벽돌을 덜어내듯 뜯어냈어요
오랜 기다림 끝에서 내 사랑을
얼른 먹어버리고 싶었던 거지요
물컹 베어먹는 순간 겉이 냉정했던 내 사랑
확 허물어지는 거예요
칼끝도 방향을 잃고 손을 놓쳤어요
스스럼없이 혀끝 디미는 사랑,
그 대책 없는 순간을 음미해보는 거예요
냉장된 시간만큼 당신을 입속에 가두고 싶었던 거지요

오래 기다렸던 시간이
단내로 숙성된 사랑에 덜미잡히고 말았지요
입안에 가득 퍼져오는 연초록 향기에
한 접시쯤 칭찬도 덤으로 얹어보아요

혀를 감아오는 그윽한 향기에 젖어
어쩌면 막차를 놓칠지도 몰라요

3
거기에 서성이는 당신, 가지 말아요

4
막차가 도착하고 가로등이 켜지면
그때야 허기에서 빠져나온 당신
당신, 고백을 너무 뜸들이지 말아요
농익어버린 사랑의 유효기간은
아주 짧을 수도 있으니까요

몽환

구름이 잠을 열고 머릿속으로 흘러들어왔다
화들짝, 눈을 뜬다
둘둘 말린 채 눈동자 밖으로 밀려나는 구름

악다구니 먹구름 슬금슬금 아침노을 기운 쪽으로 사라지고
희뿌연 눈앞에서 어깨춤 추던 발목이 던져버린
나신의 그림자들,
구름이 비와 가까워지기엔 나도 너무 멀리 왔다며
당신은 철부지로 울고
후미진 골목도 젖은 돌부리로 밤새 쿨럭거리고

감히 허튼 생각 한 구절 발설하지 않았는데
아침이 꿈을 버리고
꽃들이 가지를 버리고
떠난 기차가 과거를 버리듯
구름이 빗방울의 활자를 그러쥐고
함부로 절벽에서 뛰어내린다

당신 궁금증이 구름의 모의를 뒤적거리지만
반쯤 닫힌 시간 속으로 더듬더듬

말을 얻지 못한 단모음들이 입속으로 되돌아오고

오감을 닫아도 새어드는 구름
그 구름의 이치를 좀 더 일찍 알았더라면
당신 지문을 읽을 수 있을지 몰라

(당신처럼 보였다가, 당신이었다가, 끝내 당신으로 사라
지는)

환영幻影이나마 조용히 머물다가라고
통째로 머리를 비워주었지
빛에게서 받은 상처가 그늘이라면 구름은 헐고 찢긴 피
고름이었으리

군데군데 붉은 기척으로 남은 상처
온종일 눈 그늘로 짙어지고 있다

모항에서

발밑이 시큰 젖어오는 건
바다가 흩뿌리는 눈물 때문일까
안개와 갯벌을 구별 못하는 건
수시로 밀려오는 봄바람 때문일까

방파제 모서리 비켜서서 널 꺼내는 밤
내내 숨죽인 파도는 너를 감싸안고
칠흑 소맷자락 잡아 매달려도
등 돌려 앉아 같은 말만 되풀이하네

백합죽에 막걸리, 걸맞지 않은 술판 앞에서
식어가는 너를 달래보지만
휘청거리다 돌아갈 때를 놓친 것처럼
하늘에 걸어둔 초상화도 빛을 잃어
까무룩 모항에 자맥질이네

한때는
그윽이 품었던 너의 노래가 남아 있어
지난 날은 바다처럼 맑았고
오늘은 지친 파도처럼 슬펐어

내 부름에 대답 않는 건
굳지 않는 눈물이 아파서일 거야
아침이 와도 잠글 수 없는 밤,
때문일 거야

은행나무

은행나무 아래 누워 있는 자전거
속도를 가만히 내려놓고 휴식 중이다
페달에 발을 얹으면 바람이 될 바퀴,

수직으로만 달리는 은행나무와
수평을 고집하는 자전거
교차로 가운데 멈춰선 초보운전자이듯
서로의 속도를 껴안고 0이 되었다
달려오던 속도와 맞닥뜨린 길이
서로에게 스미는 것
수많은 정차와 발차의 엇갈림
아무도 경계선 밖을 보지 못한 것일까

길은 여전히 구불거린다
모퉁이 돌 때마다 직선의 고집 버리고
둥글게 휘어지는 바퀴의 습성
긁히고 부르튼 맨살 흙으로 감추지만
뒤돌아보는 자갈길의 행적들 아찔하다

지친 관절 풀며

은행나무 품에 안긴 자전거
다시 일어나 제 속도를 장전할 때면
페달은 가만가만 숨 가다듬는다
스스로 달릴 수 없는 시간을 읽는 날
겨드랑이에 박힌 돌멩이 같은 흔적 쓰다듬으며
놓쳐버린 시간을 꿈꾼다

나무의 물관에 편히 기댄
저 햇빛 자전거!

자라는 허공

나의 허공에 기거하는 아버지
기침 소리 또 들린다

낮엔 보이지 않다가
늦은 밤 선잠에서 자라나고 넓어지고
허공에 새로 생겨나는 길들로 가끔 어긋나는
아버지와의 조우

이불을 정수리까지 덮는다 아버지는 내게 길을 안내하
고 싶었으나 기침 소리가 아득했으므로, 침묵해야 하는 슬
픔이 배였으므로, 슬픔에서 빠져나오려는 나의 종교는 구
체적이지 못했으므로, 헛손질 내젓는 손끝마다 눈물이 그
렁하다

숨은 쉬어야 살지, 살아야 허공을 통과한 빛이 보이지,
속엣말, 흰 빛이 이불을 열어젖힌다 나는 좀처럼 이불 속을
나오지 못하고 허공은 마술상자처럼 아버지를 숨기고 그리
하여 허공을 오래 뒤적이다보면 오지 않을 내일은 농익어
늦은 안부도 묻지 못하고

아버지의 아픈 손가락
기침 소리마다 약봉지 밀어넣어주던 일곱 번째 손가락
허공에서도 마냥 기침 소리 같은 근심이었을까

찬란한 어둠을 풀어 아버지의 영혼을 숨긴 허공
공허를 엎어놓고 한 올 한 올 뒤적여보고 싶은 밤
바닥없는 그곳에 닿으려
밤마다 내 키는 한 뼘 더 늙어간다

이월과 삼월 사이

초저녁이 잠을 꺼내 입자
밤의 열쇠 구멍으로 꽃잠이 보인다
요란한 전화벨 소리,
소스라치며 달아나는 꽃잠을 낚아채고
구불구불 풀려나는 소꿉친구의
달콤 쌉싸래한 말, 말들

깊은 봄밤은 실뭉치처럼
끝없는 말의 꽁무니로 옛집을 돌고 돈다
흙담 골목이 풀려나오고
계집아이를 업은 젊은 엄마가 그림처럼 서 있다
이월과 삼월 사이를 살다 간
동생의 영정 사진을 옷소매로 닦는다
계집아이 여윈 등짝에 들러붙은 잠이 어둡다

아슴푸레한 기억의 문을 잠그고
참았던 호흡을 푼다
봄밤을 접어 모로 누웠던 햇살 탈탈 털어
널어놓은 옥양목 사이사이 끼워넣는다 부스스
독한 몸살 딛고 일어선 맨땅에

파르스름한 멍 자국이 꽃을 내민다

봄꿈 밖으로 압력솥 추가 흔들린다
오래 가둔 기억이 수증기로 피어오르는 것일까
흐려진 시야 갈피마다 물방울이 맺힌다
저 아찔한 물방울이 쥐고 있는 수화기
아직 새로운 회로를 열고 있는 중

어디로 갔을까
놓쳐버린 꽃잠의 열쇠

덤

칠순 갓 넘긴 딸이
아흔아홉 살 어머니 백발을 깎는다

무뎌진 가위질이
가늠하지 못한 생의 길이를 놓치고
내일이 가장 멀어지는
때를 놓치고

그늘로 들어서는 11월 한낮이
굽은 등처럼 조금씩 여위어 간다

손가락 사이로 머리카락 흘러내리듯
바삐 쏟아지는 하루 해
체중 줄어든 발자국은 죄다
서녘으로 사라지는 줄 모른다

멈칫, 가위질 멈추고 어머니를 본다
오물오물 입속에서
아침상에 올렸던 밥알을 꺼낸다
"아직 먹어도 되겠제"

오늘도 홀로 헤매는 어머니의 말길

무딘 가위 벼르길 망설이는
지금은 다저녁
어머닌 먼저 간 이가 놓친
덤의 시간 속에서
다 삭은 밥알을 물고
숨만 고르고 있다

데자뷔

처음 겪어보는 사랑의 신호인 듯
휴대폰에서 들리는
달콤한 음성에 젖는 사이

목줄 팽팽 잡아당긴 중년의 개가
첫 인사하듯 수선화에
코를 들이민다

봄바람이 살짝
고개 돌렸다가
봄바람에 살짝 다시 쳐다보는
수선화의 환한 시선

쿵쿵, 쿵쿵
본 적도
맡은 적도
기억에도 없는 듯
콧등이 꽃술을 짓이긴다

중년의 여자도

중년의 개도
익숙한 듯 낯선 듯
눈먼 시간

어둑어둑 헛발 디디기 참 좋게
땅거미가 진다

조팝꽃 밥상

버스정류소 옆 조팝꽃 피었다
전기밥솥에 보글보글 밥물이 끓어 넘치듯
조팝꽃이 밥 냄새를 풍긴다
버스를 기다리던 사람들, 안친 쌀처럼
전기밥솥 안으로 들어간다
사람들로 꽉 찬 버스 조팝나무 같다
제각각의 돌아가면 맞이할 저녁밥 생각으로
머릿속이 만원버스다

고장난 가로등에 탁, 불이 켜진다
쿨럭쿨럭 밥솥 언저리로 쌀밥이 넘친다
다시 가로등이 꺼지면
전기코드 슬그머니 빠져
푸시시, 산 쪽으로 김새는 소리
반복되는 저 일
언제쯤 밥이 다 됐다는 신호가 올까

발소리 뜸한 정류장에서
오지 않는 버스를 기다리는 일에
배가 고파질 무렵

조팝나무가 차린 반찬 없는 밥상에
다닥다닥 숟가락들 걸쳐진다
뱃가죽이 등 가까이 다가선다
바람 빠지는 소리 쪼르륵, 숨어든다

콜라 캔

뚜껑을 열자
콕 쏘는 말들이 쏟아져나온다
양궁 카메라 렌즈에 화살이 날아가
깨지는 순간처럼
이 통쾌한 기분은 뭘까

술 취한 사내가 휘두른 칼에
낮달이 눈을 감았어
캐리어 카 끌던 남녀 입술이
하나로 보이자 확, 나를 열고 싶었지
읽을 수 없는 풍경을 힐끗거려도
눈빛은 분산되지 않더군
전신을 타고 부글부글 끓어오르는
말, 말들

톡 쏘며 입술에 묻은 이산화탄소
내 말과 네 말을 부드럽게 이어줄 거야
달콤한 상상 같은 밀어와
너를 소름돋게 하는 자극적인 문장이
꿀꺽꿀꺽 목을 타고 들어가

중추신경을 기쁘게 하고 싶어
그러나 독을 문 장미는
한 문장도 말하지 않았지
오랫동안 참았던 말, 넌 그 말들이
한꺼번에 네게로 쏟아지는 상상
해봤니

봐, 입을 열자마자 팽창된 말들이
그칠 줄 모르고 생각 밖으로 쏟아졌어
나의 고뇌 순식간에 증발했어
그리고 너는,
불온한 상상들을 전부 토해버렸지
아직 할 말이 남은 너는 나를 다 마시지 못하지

그럴 거면, 왜 나를 흔들었니?

장마

헹궈도 얼룩이 남았지 장마는
말려도 다시 젖어 그냥 두기로 해
오늘 끓인 육개장 고기 맛이 시큼해
그냥, 버리기도
식욕이 숟가락에서 젓가락으로 옮겨가
수저는 그냥, 놓기도
오늘이 다 쓸려가버린 저녁
곱씹을 어제도 비었으므로
그냥 배고프기로 작정할까요

자드락 비 끝 생각이 바뀌기도 해
휘적거린 밥은 먹고도 안 먹은 듯해
그릇 넘치게 퍼주는 식당으로 갔어
다글다글 빗줄기가 끓어 넘치는 집
서슴없이 물구덩이를 퍼먹었어
다 비워버리고 싶은 식욕은 게걸스럽더군
옆자리 점잖은 사내도
같은 눈길로 앉아
퍼내도 넘치는 허기 골라먹는 눈칫밥,
눈칫밥도 맛있게, 치욕스럽게,

치욕스러운 위장이,
위장의 음흉한 트림이,
트림으로 역류하는 장맛비가,
장마처럼 넘치는 식욕이,
식욕 날로 삼켜 쓰린 목구멍이,
배수로에 울컥울컥 넘치는 지독한 외로움
식욕은 슬픔을 즐기는 여자를 닮았지

구름빛 넥타이가 허름하지 않은 사내
사각 계산대를 벗어나고
더부룩 부글거리는 뱃속,
거무룩 물컹한 빗속을
여자는 물로 된 스타킹에
먹빛 밤을 걸치지
우산보다 큰 외로움, 다시 슬픔이 펼쳐지지

한밤의 짐승들

그 사내 잠 가운데는
수시로 짐승에 출몰한다

조용한 잠만 들쑤시는 고약한 산짐승
살금살금 다가오다
그의 몸이 천장을 향해 누우면
갈기갈기 찢어진 채
막무가내 튀어나오는
김 과장이라는 산짐승과
뒤척일 때 잠시
미소로 머문 순한 양은 박 대리다

부풀렸다 꺼내 어금니로 질겅질겅
씹다 버리는 사장이라는 젊은 산짐승을
오늘은 잠 밖으로 냅다 던진다
무의식 안팎 들락거리는 지금 그는
무, 한, 능, 력, 자,

눈두덩 속 눈알 굴려보고
목 핏대 세워 대들더니

밤이 깊어가면 짐승에게 설득당한 듯
시커먼 테이프로 입 출구 봉인한 듯
잠잠해진다

사라진 나의 잠
솜이불 뒤집어쓴 채 안개 헤집어본다

확

1

확, 시선을 끌어당겼어
쉬운 선택이 생의 발목을 잡았지
몇 번의 외출이 발가락에 물의 집을 지었어
세상 모든 길들이 욱신거리기 시작했지
물의 집을 허물고 싶어했어
뒤축은 바짝 신경을 곤두세웠지
너무 많은 길이 흔들렸어

병원 골목 끄트머리 동양철학원
솔깃한 입소문 뒤로 절룩거리며 끌려갔어
가시랭이 빼곡한 발자국마다
잘 왔다, 잘 왔다며 터진 눈물들 꿰매주었지
발자국들이 새 살을 피워올렸어
길을 아코디언같이 접으며 돌아올 때
넉넉해진 신발이 날개를 달았지

2

병실 침대 밑 아버지, 낡은 신발이
어머니 발에 툭 걸렸어

내 말이라꼬는 안 듣더니 잘돼뿌릿지요
수혈 중인 링거액이 신발로 스며들었지
구겨진 뒤축에는
굵은 주름으로 물집 맺혀 있었어 쿨럭,
물집이 터지면 신발은 움찔 돌아눕고
갠찬테이, 나는 갠찬테이
저 빙긋한 웃음이 신발 끈 매듭을 풀었어
신발은 가벼워져 둥실둥실 떠올랐지

혼곤한 이승잠 머리맡에서
아버지는 호흡이 가빠지고
어머니는 낡은 신발을 가지런히 놓았어
신기료장수의 확, 실한 박음질
또 한번 기다리지

불청객
— 철 이른 한파

이제 막 초대장 초안 문구를 떠올릴 때였어요
좁은 골목이 허겁지겁 푸른 감잎을 따
발목을 덮어요
잠에서 깬 가스보일러 종일 충혈된 눈알을 굴리며
체온을 재고 있어요
구겨진 카펫을 껴입은 거실이
여자 엉덩이에 차갑게 엉겨붙어요

움츠린 어깨로 옷장을 뒤지다 고개를 돌려요
벌써 유리창은 깨졌나봐요
며칠째 수화기에 묻어오는 안부는 모두
구개음화되어 사라지고 이빨에 걸린 모음들만 덜그럭거려요

스쿨버스가 떨군 노란 아이
엄마가 주문한 열쇠로 구멍가게 아줌마 속바지를 들춰요
한 치수 큰 신발이 아이를 업은 채
거실로 뛰어들어요
얼음 덜컹거리는 가방이 아이 뒤를 따라다녀요
두터운 커튼은 솜이불인 척 안방을 꺼내 덮으려 해요

식구들이 번갈아 자동응답기를 틀어요
귀가 따가워져요
초대장을 서둘러 발송하지 못한 여자가
뜨신 국물로 거짓 증언을 준비해요
어물쩍거리는 사이, 보세요
너무 많은 발들이 초대장을 밟고 서성거려요
수습하지 못해 덜컹거리는 풍경 한 무더기
사금파리로 쏟아져요

종이, 당신으로 살다
— 복사기

미로의 틈이 덜커덕,
너를 끌어당긴다
숨겨왔던 이력 받아든다 캄캄한 눈앞,
밀착이 주는 안도감도 잠시
순간의 불빛이 너의 오장육부를 해부한다
여과할 수 없는 시간의 각막에 달라붙는
너의 전부를 백지에 복기復棋한다
불빛이 꺼지고

쉽게 맡긴 몸은 뜨거운 길도 주저 없이 걸어야 했지 너
를 읽다 헛발 디뎌 넘어져 길을 잃곤 하던, 손잡아 끌면 매
를 맞고도 품을 파고드는 아이 같던, 찢어진 마음 쉽게 치료
하지 못하겠지만 길은 정해져 있는 것, 이 미로를 벗어나면
너의 손을 놓아줄게

훔쳐간 꿈은 마른 꽃처럼 향기가 없다는 걸 알지
거머쥔 과거의 이력 쏟아놓는 저 복사물
보이는 것이 전부가 아니라고
네게 설명하지 못한 날로 돌이켜 스캔해봐
쇳소리에 단련된 언어 한순간 되살아나
식어버린 심장을 꺼내 다시 데워줘

4부

간절기

멀어져가는 너의 등이 쓸쓸하다
눈물을 핑계 삼아 잡아볼까 고민하는 사이
너와 나 사이 아득해질 수도 있겠다

사랑 후 이별은 물비늘 같은 것이어서,
너의 이름이 반짝거리다 사라지면
다저녁 강물처럼 쓸쓸해지는 아픔이어서,
때론 바람과 뒤섞인 구름 냄새 같아서,

잠시 길을 놓치곤 한다

기억이 기억을 잃은 이름을 떠올리다가
처음부터 거기에 있었던 것 같은 너를 읽다가
어느새 사라져버린 너를 찾다가

무엇이었을까
사랑도 이별도 읽어내지 못하는
연애편지 마지막 구절에
추신처럼 달라붙은 이 간절한 문장 하나는

감물

　예닐곱 살 계집아이 배고픈 오후, 놀부로 소문난 당숙부
네 과수원, 탱자나무 울타리 옆길 돌아나오다 절반쯤 물러
떨어진 동이감 하나 힐긋힐긋 먹어치웠다 한 됫박 우물물
로 남은 허기 채우고는 버리지도 감추지도 못하고 포플린
치마에 얼룩진 떫은 물을 흘렸다, 아슴푸레한 동이감의 기
억 포플린 치마 속에 숨긴 계집아이는

　　쑥쑥 자라났다
　　얼룩덜룩 물들 일 많은 세상 길 돌아오다보면
　　더러더러 떫은 물도 들지만
　　숨길 수 없는 앞섶까지 얼룩지는 날엔
　　노을 짓무른 저녁 강 물무늬로 뒤척인다

　　추억 속 동이감은
　　단맛 다 빠져나가 떫떠름하지만
　　버리지 못하는 포플린 치마처럼
　　빨고 빨아도 지워지지 않는 지금
　　동이감 떫은 물은
　　반백 년을 지나도록
　　무늬가 되어보지 못하고

주름 가득한 손등에 자글자글
저승꽃으로 피어난다

가위가 필요해

살갗이 아프다는 그 말
독감을 알아챈 후 찾아오는 내밀함이다
머리카락에 매달린 역삼각형 종이비행기 꿈을 꾼 뒤
손 흔드는 사람과
손 없는 사람을 구분하지 못한다

알몸의 하현달을 밤의 끝에 세워두는 일은
시계를 반대 방향으로 연다는 것을 몰랐고, 아무도
붉은 기억을 섣부르게 우울증이라 부르지 않는다

(애인과의 귀엣말은 조작이 필요한 알리바이, 들통날 염
려 따윈 하지 마, 들이치는 비를 온몸으로 거부하던 만병초
도, 천천히 누레지는 법이거든)

악몽은 긴 머리카락을 가졌고
머리카락은 막무가내 헝클어졌다
성근 빗질로도 뭉텅 빠져나가는 기억들 움켜쥐고
빗금 수북한 제자리로 들앉는다

젖은 몸이 비척비척 등뼈를 곧추세운다

뭉클 배어나오는 생 비린내
아니다, 아직 아니다 서툴게 걷는다
모르고 가는 길, 혹은 정해놓은 길에
이력이 생길 때

다시, 연락할게

오후 네 시의 나

단체 여행 사진, 기억 더듬어
사람들 이름 불러내는데
왼쪽 뒷줄 낯빛 희뿌연 사람,
언뜻 마주친 적 있었던 사람,
한번쯤 말 섞어보았는지
가물가물한 사람,
내리막길에 잠시 어깨 스친
그 이상은 아니었지 싶은 사람,

(나를 카피해 해 드는 창에 걸어본다
스윽 창문 열어 얼굴 디밀어본다
볼우물 만들고 광대뼈 깎은 거기
검은 점 하나 찍어본다
찍고 또 찍어 팔자가 된 자화상,
주저앉아 떼쓰듯 울어볼까)

쓰지 않아 장식이 된 유리잔,
먼지 쌓인 신발장 맨 위 칸, 거기에 뭐가 있더라
겨우 기억해내는 오래된 구두 한 켤레,
그 이상은 아니었지 싶은,

가만 생각하면 있는, 오래 생각하면 없는 사람,
오후 네 시, 기운 서쪽 하늘로 슬쩍
보일 듯 말 듯한 희멀건 낮달,

그렇게 산 게
육십 년 훌쩍 넘었다는데

그림자들

또다시 시작이다
천둥 번개가 한꺼번에 몰아치는 듯한 통증,
빗물에서 건져올린 듯 축축한 여자,
앙다문 이빨 사이로
쉴 새 없이 파열음이 터져나온다
핏기없는 얼굴을 뒤덮은 구름을 물고
그림자들이 기어나와 벽을 타고 오르다
바닥으로 흩어지고,
흰 가운을 잡고 매달린다
태연하게 그림자들 염습을 시작하는 손길
과일의 멍 자국을 살피듯 여자의 몸을 이리저리 돌린다
몇 그램의 주사액으로 그림자를 죽이고
급히 사라진다

아직은 더 견뎌야 하는 이유,
죽음이 통증보다 더 두려운 이유를
버캐 낀 입술로 가두고 손수건으로 막고
통증 사이에서 잠을 꺼내 덮는다

모딜리아니 긴 목덜미에 팔딱거리는 핏줄

얼마 남지 않은 생을 두고
여자의 잠 밖은 날이 갈수록 소란하다
그림값에 대해, 혹은 그림잣값에 대해

여자의 딱딱한 등허리에 손을 넣는다
반사적 신경으로 가늠하는 죽음은 아직 예각,
얼마나 더 견뎌야 수평으로 편안해질까
검은 하늘에서 들리는 천둥소리
여자가 실눈을 뜬다
까마귀 한 마리가 구름 쪽으로 날아간다
체적을 바짝 줄인 그림자들

낮잠

어딜까 여긴,
멀뚱한 표정 속 집요한 잠, 잠
원인을 수소문하면 주변은 온통 보호색

오늘의 운세를 점친다
'충전 시간이 필요합니다'
내 별자리는 너무 늦게 충전된다

구름 떼들이 잠의 쳇바퀴 돌리듯
봄볕에 나른하다
건조주의보 도드라진 느린 오후를 지우고
꽃무늬 잠옷이 걸린 풍경 사이로
뒤뚱뒤뚱 걷는 발자국이 지워졌다

오른팔을 흔들어 물에 번진 잠을 꺼낸다
제멋대로 휘어지는 손가락 사이의 볼펜
누구 것인가
그려놓은 전갈 한 마리 비틀비틀 걷다
쓰러졌다, 건조주의보 속으로

불면과 기면 사이 좌표를 잃은 낮달
오늘의 운세를 놓쳤다
점점 더 표류하는 불면과 기면
어딜까 여긴,

거미줄

산책로 옆
종교 홍보자료가 진열되어 있고
정장 차려입은 두 여자는 번갈아
머리 꾸벅거리며
보고 가세요, 한 장만 가져가세요

종교에 말을 거는 사람은 착한 사람
우울이 내밀하게 스쳐갔거나
외롭기 시작하는 사람
종교의 벽은 아득했으나
뛰어넘을 시간을 간 보고 있는 사람
진실로 통하는 문을 찾고 있는 사람

오세요, 언제든

용기 백 배 내어 종교에 말을 걸면
해가 비치려나?

이번 생은 스스로가 절망이라 하지 말래요
서너 장으로 압축된 전단지가 말을 걸어요

외로움은 한 줄로 표현할 수 없어
함부로 가늠할 수 없다고 대답했어요

아침이 더디 오는 날
종교의 두루뭉술한 거미줄에
저린 왼쪽 다리 올려놓고
슬쩍 걸려들고 싶거든요

그 여자, 4월

그 여자는
매달 사용해오던 뽀얀 수건을
그해, 봄이 한창인 4월에 버려야 했다

그 여자
열여섯 살 나뭇가지에 봄이 열린 후
그녀의 향기에 취한 벌 한 마리가
두 개의 열매 튼실해질 때까지 지켜주었는데
그 여자는 이제 그 수벌 앞에서
성문에 바리케이드를 쳐야 하는 것이다

사월 곳곳엔 숨쉬는 것 모두가
파릇파릇 어린 잎을 내민다

어떤 늙은 나뭇가지가
주사액의 힘으로 분별없이 싹을 올리는
위장된 봄을 물끄러미 본다
금세 제 몸 꿈틀거리는 소리
들리지 않을 거란 말 차마 하지 못한다

그 여자,
단지 며칠간의 말 더듬거림만 있었을 뿐
여자의 정지를 온전히 받아들이고 있는 건
참으로 다행한 일

그해 4월은 소문도 없이 지나가고
그 여자는 꽃잎이 터지지 않는 나뭇가지를 안고
꽃이었던 기억을
조금씩, 조금씩 지우고 있다

반어법처럼
— 상속 분쟁

잠긴 대문을 열다
발걸음 멈칫거리더라도
의아해하지 마라
정적 깨우며 일렁이는 바람살에
어떤 아픔이 묻어왔을 수도

한때
수습하지 못한 말들이 싸락눈처럼 쌓이고
이빨 드러낸 들쥐 입술을 탈출한
거친 단어들은
일제히 바람 부는 방향으로 각을 세우고
겨울바람은 봄바람더러
세져라 더욱더, 호통을 치고
그것은
상속이란 고상한 말로 번역하지 못해
체념하려는 지독한 체증의 기억
나는 얼마나 긴 호흡을
오래 숨죽이고 있어야 할지

상처도 비단 보자기로 감싸면

건드려도 무덤덤한 화석이 된다지
대숲 어지럽히는 당나귀의
커다란 귀 따위 잘라버릴 거야
덧난 자리가 욱신거린다면
차가워진 심장을 꺼내
주문을 걸어 마사지하면 돼
소멸도 상처도 가장 가까이에 있는 것
멀찍이 나앉은 것의 알리바이에
주목할 필요는 없다
반어법처럼 웃던 밤은 지나갔으니까

죽어 있는 추억은 기억이라 이르지 않듯
대문 잠글 때까지
바람만 읽은 서로의 속내 끝내 들키지 말기를

그 여자
— 후미

빈 젖 흙에게 물린 채
밭고랑에 엎드려 있는
그녀를 찾은 것은
콩을 수확하던 아버지였다

하루가 다르게 쑥쑥 자라는 콩
말라가는 젖 물려가며 밭을 매다
일어나지 못한 그 여자
땅심 돋우느라 이랑마다 젖 물리며
버거운 날을 견디는 아픔
안간힘으로 버텼지

얼마나 많은 날
허리 휘도록 헤맸으면
닳아 둥글어진 작은 몸통
싸늘히 식을 때까지
저렇게 일어서지 못했을까

굽은 허리
펴지 못한 그녀를 일으키자

빈 젖 악착같이 빨고 있던 흙
우르르 달고 일어선다

어머니

꿈에 그를 보았다

집 앞 공원에서
휘발유 냄새 절은 작업복 왼팔에 걸치고
가던 길 멈추고 서 있는 사내
아무 말 하지 않는다
움푹 파인 가슴 언저리엔 선명한 핏빛
분명 반가운데 나는

가던 길 가라며 손만 잡아주었다
그도 되돌아서 걷는다
갑자기, 추울 텐데 하면서
고개 돌리려다 그냥 눈을 감는다
보면 안 될 것 같았기에

인기척 사라져가는 공원
오래된 속삭임 같은 습기가
어둠에 섞이고 있었다
젖은 돌부리의 투박한 선율이
나를 부르듯 했지만 더 빨리 걸었다
골목 어귀에
윤곽이 다 뭉개진 사내를 다시 보았다

어둠에 발을 묻고 서 있는
그는
더 이상 움직이지 않겠다는 듯
나를 지켜줄 듯
전봇대가 있던 그 자리, 우두커니

구석

그리마 한 마리 빠르게 이불 속을 파고드네
비명 숨긴 은밀한 공간
확 꼬여버린 다리들

이불 밑엔 불의 씨앗을 품은 여자가 있네
함부로 구겨넣은 몸이
누구의 가랑이라도 붙잡고 산란하고 싶어
저녁을 태우고
자정을 베어먹은 굴욕의 시간도
악착같이 불 지피고 싶네

구석은 눅눅하고 음탕하여라
맨정신으로 빠져나갈 수 없는 곳
그리마가 지린 오줌 자국으로 두근거리네

새벽의 경계에서
이불 속으로 빠지는 발목 어둠으로 끌어안으면
상한 입술로 담아온 젖은 지느러미
자꾸 물컹거리네
허락지 않은 체위는 위험해

앓지 않는 아픔, 여자는 온몸이 저리네
모서리로 구석으로 내몰린
몽유처럼 잠이 긴 밤

나이 속이기

나는 오늘 서른 살 생일

마흔은 불혹이 아닌 유혹의 나이
난 멋진 사람 유혹하고, 유혹당하고 싶었으니
쉰 살이 되어도 하늘의 뜻 알 수 없는 철부지야
예순 살을 환갑이라 부르더라고
육십갑자, 그런 게 내 교과서에 있었나?
밑줄 친 적이 없어

　서른 살에 아이를 낳았지, 그 아이가 서른 살에 손녀를
낳았어, 손녀가 씩씩하게 잘 자라 유치원엘 다녀, 유치원에
다녀온 손녀가 서른 살 내 생일에 서른 개 촛불을 훅, 불어
주더라고

　국화 재배 온실엔 일정하게 불을 켜주거나 꺼놓으면서
시간을 속여, 그래야 계절 없이 꽃을 피운대, 가로등 옆 들
깨밭은 잎만 무성하고 열매를 맺지 않아, 가로등에 계절을
속은 거야, 닭장에 불을 켜두면 속은 닭들이 잠도 자지 않고
밤낮 알을 낳는대, 단골이 아닌 과일가게 주인이 거뭇거뭇
한 바나나가 달다며 내밀었어, 껍질을 벗기는 순간 물컹한

속살, 물컹한 속살 기억은 오래 울렁거렸어, 누군가에게 속
고 누구를 속이는 것이 내 나이만은 아니야,

　식구들은 왜 하필 서른 살이냐고 묻지 않아
　내년에도 서른 살일 예정이지만
　손녀가 철들면 잠시 잠깐 의심할 거야
　웃음이 많은 아이니 오래 고민하진 않겠지

　서른 개의 촛불이 서른 개 넘는 나이를
　해마다 하나씩 녹여 더 환한 오늘
　나는 확실히 서른 살
　어때, 이만하면 나이 속이기 작전은 성공이지?

고백

하루는 부끄러워서,
한 달은 바빴으니,
한 해 두 해 잊은 듯 살았지

저녁놀이 눈시울 붉히다
맥없이 스러지는 곳을
그렁그렁 지켜보는 해거름

울어보지 못하고 울음을 닫아
더 환한 영혼의 집이여

잠자리 한 쌍
공중제비돌기 꽁무니로 하트를 그릴 때
하트 굴리며 풀섶으로 내려앉을 때

흰나비는
이정표 없는 서쪽으로 사라지네

가락지꽃 줄기 가닥가닥
풀어헤치다가 다시 다잡아 엮어내는

꽃 같은 이야기들은
보이지 않아도 뿌리내려 무성해지는가!

마음 기울어진 쪽으로
막 어둠이 열리는
고백하기 참 좋은 때
글썽이는 고백

너무, 늦은 건 아니기를

낭만과 바게트

낭만적인 집 저당잡히고 바게트를 샀다 그림자처럼 살던 귀뚜라미 한 마리 이사 보따리에 숨어서 나의 새집이 너의 헌 집이라며 고요한 악다구니 들렸으려나, 몰락의 시간이 었지, 야반도주하듯 전조등 변두리를 향해 켜고 갈수록 충혈되는 여자의 흐느낌 손수건에 둘둘 말아안고 아홉 모퉁이를 지나다보니 길을 잃고 말았어, 문단속 허술한 지붕 낮은 집들이, 좁은 골목이, 더 낯설어지고

낭만을 잃고
얻은 바게트로
다른 낭만을 기대해도 될까

뜬구름 모두를 원고지에 옮기려다 허비한 시간을 소나기처럼 들킨 적이 있었어, 축축한 문장을 덮어놓고 두 눈이 무르면, 왼쪽 주머니 이야기로 호기심을 기워주시던 엄마, 낡은 몸빼에서 꼬깃꼬깃한 꺼낸 몇 장의 지폐로 더 큰 낭만을 주문하곤 하셨어, 이젠 주머니 다 털려 가벼운 몸빼로 생을 덮었는지 발소리가 들리지 않아,

낭만을 저당잡힌 이후 지붕 낮은 집을 들이고, 바게트를

사고, 마당 어디쯤으로 걸어나온 작은 방들이 일제히 문을 열어 무릎 꿇는다면, 놀란 자동차 바퀴는 왔던 곳으로 되돌아갈까?

가설이 새로운 상상을 불러온다

휘발된 시간, 응고된 상처

김정수/ 시인

　헷갈려서, 혹은 몰라서 혼용되어 쓰이고 있는 말 가운데 '시간'과 '시각'이 있다. 일상에서 두 단어는 거의 구분되지 않고 사용된다. 시각은 시간상의 한순간, 즉 '짧은 동안'을 의미한다. 반면 시간은 시각과 시각 사이의 기간으로 양적인 개념이다. 가령 오후 4시에서 5시까지 '1시간'이라 할 때, 1시간은 속도나 한 지점이 아닌 시간의 양을 의미한다. 물론 이는 일차적 공간에서 시간이 일정하게 흐른다는 전제가 따른다. 일반적으로 시간은 과거-현재-미래로 이어져 머무름이 없이 일정한 빠르기로 무한히 연속되는 흐름으로 이해한다.

　성은경 시인은, 혹은 그의 시는 '다저녁'을 지나고 있다. 다저녁은 저녁밥을 먹기 직전의 배고픈 시간이다. "흩어진 식구들이 저녁이면/ 깃발을 향해 모"(「아버지가 펄럭입니다」)이는 화목한 시간이기도 하다. 시인은 시 「덤」에서 "지금은 다저녁"으로 "덤의 시간"이라 했다. 시 「간절기」에서는 "사랑 후"에 찾아오는 이별처럼 "쓸쓸해지는 아픔"이라 했다.

식구들이 모여 행복한 시간을 보내야 하지만, 삶의 허기를 느끼는 상처의 시간이 '다저녁'이다.

하루를 마감하는, 혹은 인생의 종착인 24시가 되려면 아직 멀었지만, 시인에게 다저녁은 저녁을 먹기 직전의 시간이면서 "오늘이 사라지는 곳"('시인의 말')이다. 다저녁은 시간성뿐 아니라 장소성, 즉 가족이 모이는 공간을 상징한다. 그 공간에 삶의 가치와 의미가 가미되면서 장소가 된다. 지리학자 이-푸 투안은 『공간과 장소』(사이, 2020)에서 공간은 움직임movement이 허용되는 곳이라면, 장소는 정지pause가 일어난다고 했다. 움직임 중에 정지가 일어난다면 그 위치는 바로 장소로 바뀔 수 있다고도 했다. 시인에게 다저녁의 시간은 움직임 중에 정지가 일어난, 일시적으로 삶의 정지가 일어난 소멸과 부재, 슬픔이 고여 있는 시공간이다. 시인의 의식은 그 시간과 장소에 일시 정지해 있다.

성은경의 시에서 사랑과 행복의 '시간'은 이별과 슬픔의 '장소'로 변형되어 나타나고, 시인은 다저녁이라는 물성의 시공간을 시로 복원하려 한다. 시인에게 시작詩作은 시각과 시각 사이의 시간과 집과 가족 사이의 공간에 존재한다. 한 편의 시는 그 시각과 사각 사이에서 생산하는 것이며, 이번 시집은 다저녁에 다다른 시간 축적의 결과물이라 할 수 있다.

다저녁 이후 금방 올 것 같은 저녁은 너무 멀어 "다시 오지 않"(「낮은 귀」)고, "서로 부딪히다 나락으로 떨어지"(「직립의 방」)고, "꿈을 밟고 선"(「달의 기울기」) 낡은 자리에서 "제각각의 돌아가면 맞이할 저녁밥"(「조팝꽃 밥상」)을 먹는다. 다저녁이 '덤'의 시간이라면 저녁은 '나락'의 시간이다. 다저녁에 이르기 전, 시인은 '휘발의 시간'을 견딘다. 휘발의 시간은 한여름의, 햇볕 따가운, 고통스러운 한낮이다. 그곳에 서 있으면 기체로 변해 흩어지고 만다. 고통이나 슬픔이 휘발되면 아무것도 남아 있지 않아야 하는데, 휘발된 자리에 '응고된 상처'가 웅크리고 있다.

시인은 상처 그득한 "커다란 울음통"(이하 「울음통」)을 껴안고 잠을 자거나 고립을 자처한다. 정지된 듯한 시간, 깊어진 슬픔, 부재의 상처, 오랜 "고립은 병"을 불러온다, 문제는 "그녀의 울음통은/ 쉽게 넘칠 수 없는 구조"라는 것이다. 휘발의 시간에는 진정으로 도와주려는 손길이 아닌 "호기심으로 다가"(「무릎 없는 무릎」)오거나 "비밀 없는 열 개의 방"(이하 「위험한 방」)에서 "유독 휘발성이 강한 추억에 집착"하거나 "덧댈 수 없는 인연에 걸려 넘어"지고 만다.

낮잠을 밟고 눈을 떴을 때
너는 없었지
햇살에 촉을 세워 네 얼굴을 찾았던 거라
늘 90도 각을 고집하던 넌
180도 밋밋한 그림자로 투명해지고
눈 감고 널 불러 꿈속을 뒤졌던 거라
서늘한 내 가슴에 갇힌 넌
대답 대신 검은 손등을 보였지

체취 다 휘발하기를 기다린 난

손잡이 헐렁한 유리문을 두드렸지

다 보일 듯 어두운 이곳에서 이제 너에게

다른 길을 물어도 될까

왼쪽 오른쪽을 모르는 것도 아니고

해독 못할 상형문자도 아니어서

출입금지 표지판 앞에서 당황하지만

손잡이 부서도 열 수 없는 투명한 미로로 네 얼굴은

느린 듯 빠르게 휘발하지

기화가 시작될 것들 울음만 수북한

길 없는 길을 발 없는 영혼만 낮잠 밖으로

발밤발밤

내 그림자로 따라다니는 거지

—「휘발」전문

　잠/꿈과 현실의 구분이 모호한 이 시는 몽환적 분위기를
자아낸다. 시적 화자의 언술이 꿈 같으면서도 현실 같고,
현실 같으면서도 꿈 같다. 이는 휘발되어 형체를 알 수 없
거나 사라져버린 시적 대상을 효율적으로 묘사하려는, 시
인의 치밀한 의도로 보인다. 잠/꿈과 현실, 햇빛과 그림자,
몸과 영혼이 대칭하는 자리에 부재한 너는 존재하지만 존
재하지 않는 세상에 살고 있는 듯하다.
　"내 가슴에 갇힌" 너를 "눈을 떴을 때" 찾는 모순적 상황/
어법을 통해 다시는 만날 수 없는, 영원한 사랑의 정조를 보

여준다. 너는 현실에도, 잠에도 존재하지 않는다. 형체는 사라지고 "그림자로 투명해"진다. 하지만 그림자는 단독으로 존재하지 않는다. 형체가 있어야만 존재할 수 있다. 투명하지만, 너의 그림자가 존재할 수 있는 건 '나'에 의해 생겨날 수 있다.

전체적인 시적 분위기는 너의 부재로 인한 "서늘한" 나에 방점이 찍히는 듯하지만, "내 가슴에 갇힌" 너는 나로 인해, 내 그림자로 존재할 수 있을 뿐이다. 그런 너에게 "다른 길"을 묻는 것은 너의 의지가 아닌 나의 의지로, 내 갈 길을 갈 것이라는 선언과 다름없다. 휘발되기 전에는 내가 너에 의존했다면, 이제는 "내 그림자로", 자율 의지로 길을 나서는 것이다. "대답 대신 검은 손등"을 내민 너의 집요한 가열에도 인화점을 견딘 화자 '나'는 "발 없는 영혼만" "발밤발밤" 세상 밖으로 발화한다.

거울 뒷면에서 날마다 꾸는 꿈은
실패한 반란이었어

예리한 감각은 불만이 가득 자란 혓바늘로 따가웠지
불안에 불편을 심은 반쪽짜리 자화상,
보호색 덧댄 장난감 피에로처럼 웃어도 보았어

어두워지는 눈에 풀칠하고 방바닥에 몸을 펼쳤지
암전의 순간, 가느다란 숨이
종이처럼 얇은 감각들을 간질이기 시작했어

몸을 움직이면 얼굴이 무너집니다

견고한 벽으로 돌아가고 싶었어
끈적끈적한 검은 피, 바늘 끝을 타고 들어와
눈두덩 위의 내재율로 자리잡기 시작했지

두 마리 기러기가 날개를 펴는 상상
사람들의, 눈썹부터 일그러지는 실소를 떠올렸지

삼파장 램프의 바깥, 바뀌지 않는 신호등
이제 우글거리는 말로 치약처럼 줄줄 짜내볼까?

깜박거리던 램프의 등이 꺼졌을 때
거울 속으로 내 얼굴을 던져버렸어

벽을 깨고 나온 모나리자, 마스카라를 꺼내들었어
함부로 눈썹을 밀어버린 당신들을 무어라 불러줄까
                                   —「모나리자 증후군」전문

　"발 없는 영혼만" 잠 밖으로 나선 시적 화자/자아, 한데 어
쩐 일인지 "거울 뒷면에서 날마다" 꿈을 꾼다. 그 꿈마저
"실패한 반란"이다. 반란의 장소는 "거울 뒷면"인데, 이마저
도 현실이 아닌 꿈이다. 꿈에서조차 반란은 실패한다. 표
제작인 이 시는 눈썹이 흐린, 혹은 없는 자아를 모나리자에
투사하면서 문신하는 과정을 세밀하게 묘사한다. 눈썹 문

신하는 과정을 따라가다보면 얼굴의 변화와 타자의 시선을 의식하는 심리가 읽힌다. 하지만 이 시는 외형률과 다른 "내재율"이, 겉으로 가려진 또 다른 세계가 안에 자리잡고 있다.

이 시도 앞서 살펴본 시 「휘발」처럼 꿈과 현실의 경계가 모호하다. 구속하고 길들이는 상대가 누구인지 불분명하고, 자아는 제대로 저항할 수 없는 무력한 상태로 보인다. 반란의 목적 또한 불안하고도 불만스러운 현실인지, 거울 앞면에 비친 "자화상"인지, 아니면 "장난감 피에로처럼 웃어"야 하는 수동적인 삶인지 명확하지 않다.

제목에서 알 수 있듯, 이 시는 레오나르도 다 빈치의 〈모나리자〉를 시적 소재로 삼고 있다. 슬픔을 삼킨 미소와 눈썹 없는 인물의 신비로운 아름다움이 특징이다. 남성인지 여성인지, 웃는 것인지 아닌지 모호한 인물의 속성을 시에서 차용한 때문이다. 자아와 모나리자는 외모와 심리가 중첩되는데, 얼굴에 꽂히는 누군가의 시선이 감지된다. 겉으로는 문신시술자 같지만, 그 불편한 시선과 외면, 반감으로 불안해진 자아는 결국 "방바닥에 몸을 펼"친다. 거울의 뒷면에서 바닥에 눕고, "암전의 순간" 죽음의 그림자가 스친다. 서서히 죽어간다.

한데 "가느다란 숨"의 주체는 분명 자아인데, 왠지 다른 숨결이 감지된다. 자아와 타자 사이에 또 다른 누군가의 죽음이 개입했다가 사라진 듯한 느낌이다. 어쩌면 누군가의 죽음에서 자아를 회생시키는 것으로 시적 상황이 바뀌었을 수도 있다. "방바닥에 몸을 펼"친 자아에 "가느다란 숨"을 불

어넣어 죽어가던 감각을 깨우는 누군가는 불편한 시선의
타자와는 분명 또 다른 존재의 개입이다.

거울의 뒷면이나 바닥은 입체적인 삼차원이 아닌 이차원
의 공간이다. "반쪽짜리 자화상"이나 "종이처럼 얇은 감각"
의 상태로는 앞에 있는 타자의 말이나 행동에 대항할 수 없
는, 일방적으로 당할 수밖에 없다. 반란이 실패한 원인 중
하나다. 무기력한 자아를 일깨우는 건 "가느다란 숨"이다.
누군가의 숨으로 죽어가던 감각이 깨어난다. 한데 "몸을 움
직이면 얼굴이 무너"지는 모순적인 연쇄반응 후에 "견고한
벽으로 돌아가고 싶"다는 희망을 드러내는데, 모나리자는
그 "벽을 깨고 나온"다.

날마다 꿈을 꾸던 "거울 뒷면"과 "내 얼굴을 던져버"린 "거
울 속"은 단지 뒷면과 속의 차이만 존재할까. 꿈이 거울의
뒷면이라면 현실은 거울의 앞면에 해당할 것이다. "얼굴이
무너"진 순간 없는 눈썹은 콤플렉스로 작용한다. 어쩌면 그
이전부터 정상적인 삶을 제어하고 제한했을 것이다. 그 벽
을 깨고 나올 수 있었던 것은 문신의 완성 후에 "거울 속으
로 내 얼굴을 던져버"리는 결단을 실행했기 때문이다. 온전
한 삶을 영유하지 못하고 고립됐다가 막다른 상황을 경험
하고서야 삶의 주체로 거듭난다.

산책로 틈새 꽉, 피어 있는 민들레 한 송이
바람이 스쳐도 눈 깜박이며
온 하루에만 몰입하지
누가 길을 물어도 말은 나오지 않고

뭉개진 손톱 밑 핏줄 그림일기를 보여주지

간밤 살짝 내밀었던 엄지 짓이겨지고
아파할 겨를도 없이
새끼손가락이 바스러졌다
아무도 없는 음지로 숨고 싶었지만
내 안에 솜털 보송한 어린 것이 마구 돋아나
한낮의 햇빛 한 움큼 당겨쥐고
또 오늘을 버텨내지

봄비 그친 햇살 아래로
실핏줄 끝이 원없이 부풀어오르네
어린 것들은 까치발로 보이지 않는
먼 하늘을 보고 있네
이제 흩어질 시간, 멀리 날수록
성공적인 이별여행의 시작이야

— 「여행의 시작점」 전문

그리마 한 마리 빠르게 이불 속을 파고드네
비명 숨긴 은밀한 공간
확 꼬여버린 다리들

이불 밑엔 불의 씨앗을 품은 여자가 있네
함부로 구겨넣은 몸이
누구의 가랑이라도 붙잡고 산란하고 싶어

저녁을 태우고
자정을 베어먹은 굴욕의 시간도
악착같이 불 지피고 싶네

구석은 눅눅하고 음탕하여라
맨정신으로 빠져나갈 수 없는 곳
그리마가 지린 오줌 자국으로 두근거리네

—「구석」부분

자화상 같은 시 「여행의 시작점」은 "민들레 한 송이"를 통해 척박한 환경에서 살아가는 여성/엄마의 고독한 삶과 "내 안의 솜털 보송한 어린 것"을 위한 희생적인 삶을 조명한다. 시인은 "민들레 한 송이"의 태생과 성장, 희생을 통해 자기 존재성과 정체성, 삶의 목적을 재확인한다. 허공을 날다 자리잡은 곳이 "산책로 틈새", 그 틈새를 "꽉" 부여잡고 악착같이 살아간다.

여기서 틈은 사물과 사물 사이의 벌어진 곳뿐 아니라 사람과 사람 사이의 관계성을 의미한다. 즉 벽과 보도블록 사이의 벌어진, 비좁은 공간만이 아닌 최소한의 생존조건을 가리킨다. 넓은 공간도 많은데 하필 사람들이 많이 오가는 "산책로 틈새"에서 싹을 틔운다. 그 공간조차 언제 사라질지 모르는, 위태로운 삶이다. 태생의 이력이나 생존조건을 따질 새도 없이 "바람에 스쳐도 눈을 깜박"일 만큼 현재의 삶, 즉 "온 하루에만 몰입"한다. 내일을 기약할 수 없는 하루와 하루 사이, 틈새의 삶이다.

그런 상태에서는 "누가 길을 물어도" 삶이 아파 길을 알려줄 여력조차 없다. 손톱은 뭉개지고, 엄지는 짓이겨지고 새끼손가락은 바스러져도 인내한다. "음지로 숨"지 못하는 건 내 안에서 마구 돋아나고 있는 "솜털 보송한 어린 것" 때문이다. 내 몸이 어찌 되든 새끼만이 위안이다. 희망이다. 시인에게 생존의 시간은 결핍과 상처, 고난으로 점철되어 있는데, 이 모두는 "성공적인 이별여행"을 위한 과정이다. "어린 것"을 "먼 하늘"로 멀리 날려보내는 사명으로 삶의 유한과 소멸을 극복한다.

틈새는 구석의 다른 이름이다. 구석은 중심에서 벗어난 공간이다. 정지된 듯 움직이는, 움직이는 듯 정지된 공간이다. 소외된 듯 아늑한, 안락한 듯 불안한 묘한 공간이다. 중심에서 밀려난 듯하지만 언제든지 구석을 벗어나 중심으로 향할 수 있는 열린 공간이기도 하다. 보통 구석은 뒤가 막혀 몸을 숨긴 채 주변을 주시하기 좋은 곳이다. 또한 조용하고 조금 어두워 심리적으로 안정된 곳이다.

하지만 「구석」에서의 구석은 이런 심리적 안정이나 위안과는 거리가 먼 "맨정신으로 빠져나갈 수 없는", "은밀한 공간"이다. "빠르게 이불 속으로 파고드"는 "그리마 한 마리"에 구석의 평화는 깨어지고 만다. 그리마는 "허락하지 않는 체위", 즉 일방적 관계를 요구하는 사람을 은유한다. 느닷없는 침입에 여성인 시적 화자는 비명조차 지르지 못한다. 그 일로 삶이 "확 꼬여버"리고, 몸을 "함부로 구겨넣"고 싶을 만큼 좌절한다. 저녁을 지나 자정까지 "굴욕의 시간"은 이어진다. 온전한 정신으로는 감당할 수 없는 치욕의 시간이다. 하지만 이 시도 「여행의 시작점」처럼 여성성은 포기하지만, 모성만큼은 포기하지 못한다. 성은경의 시에서 모성은 삶의 폭력을 견디게 하는 힘이면서 희생과 연민의 시작점이다.

1

속내를 보이지 않는 당신,
이건 사랑이 아니야

2

냉장실 1번지에 그물로 옥죈 멜론
외벽 벗겨내고 벽돌을 덜어내듯 뜯어냈어요
오랜 기다림 끝에서 내 사랑을
얼른 먹어버리고 싶었던 거지요
물컹 베어먹는 순간 겉이 냉정했던 내 사랑
확 허물어지는 거예요
칼끝도 방향을 잃고 손을 놓쳤어요
스스럼없이 혀끝 디미는 사랑,
그 대책 없는 순간을 음미해보는 거예요
냉장된 시간만큼 당신을 입속에 가두고 싶었던 거지요

오래 기다렸던 시간이
단내로 숙성된 사랑에 덜미잡히고 말았지요
입안에 가득 퍼져오는 연초록 향기에
한 접시쯤 칭찬도 덤으로 얹어보아요

혀를 감아오는 그윽한 향기에 젖어
어쩌면 막차를 놓칠지도 몰라요

3
거기에 서성이는 당신, 가지 말아요

4
막차가 도착하고 가로등이 켜지면
그때야 허기에서 빠져나온 당신
당신, 고백을 너무 뜸들이지 말아요
농익어버린 사랑의 유효기간은
아주 짧을 수도 있으니까요

　　　　　　　　　　　　　―「당신 사랑은 16브릭스」전문

　앞의 시에서 보듯, 성은경의 시에서 시간은 '이별'과 '굴욕'
의 의미를 함유한다. 또한 "용케도 견디던 시간"(「낮은 귀」),
"저만치 빠져나가는 시간"(「냄새의 이면」), 정지된 시간(「울
음통」), "뒤꿈치 같은 시간"(「바리케이드」), "여과할 수 없는
시간"(「종이, 당신으로 살다」), "반쯤 닫힌 시간"(「몽환」), "스
스로 달릴 수 없는 시간"(이하 「은행나무」), "놓쳐버린 시
간", "덤의 시간"(「덤」), "눈먼 시간"(「데자뷔」), "몰락의 시간"
(이하 「낭만과 바게트」), "허비한 시간" 등에서 보듯, 시간
에 내장된 기억은 생성이나 재생, 희망이 아닌 소멸이나 단
절, 절망을 뜻한다. 개별적 존재로 저항하기보다 이 상황을
담담하게 받아들이면서 견딘다. 틈과 구석에서 "앓지 않"아

더 아픈 시간을 감내하는 것은 처한 상황에 대한 수동적 행태나 의식 때문만은 아니다. "오래 기다렸던" 그 시간은 주체성과 자존감을 되찾는, "치유의 시간"(「비밀의 혀」)이기도 하다.

인용시 「당신 사랑은 16브릭스」는 멜론이라는 사물과 겉과 속이 다른 사랑의 속성을 보여준다. 브릭스Brix는 액체에 녹아든 고형물固形物의 농도를 측정하는 단위로, 과일의 당도를 표시할 때 사용된다. 대개 과일은 10~15브릭스 범위인데, 16브릭스라는 건 평균보다 약간 당도가 높은 사랑이라는 의미다. 한데 당도를 잴 때 겉이 아닌 속이므로 "속을 보이지 않는" 사랑은 진짜가 아닌 거짓인 셈이다.

감추지 않고 속내를 다 드러내는 사랑이 진정한 사랑이다. 처음부터 속내를 드러낼 수는 없어 오랜 숙성의 시간이 필요하다. "오랜 기다림 끝에" 드디어 원하던, 진정한 사랑을 예감한다. "물컹 베어먹는 순간", "물컹한 속살"(「나이 속이기」)을 기억하는 순간 깨닫는다, 당신의 사랑은 "겉만 냉정"했다는 것을. 화자인 '나'는 그 순간 "확 허물어"진다. 세상은 "보이는 것이 전부가 아니"(이하 「종이, 당신으로 살다」)며, "식어버린 심장"은 다시 뛰기 시작한다. "멀어졌던 사랑이 다시 돌아오고/ 향기에 취한 나"(이하 「장미 문양 매트리스」), "한 잎 한 잎 열리던 나의 꽃밭"이 드디어 만개한다. 비로소 충고한다, 농익은 사랑은 유효기간이 "아주 짧을 수도 있으니" 고백을 뜸 들이지 말라고.

당신, 하며

낭떠러지를 돌아본다

—「낭떠러지」부분

당신, 여태 상상했던 이야기와

많이 다르다는 걸 느꼈지요

—「새발뜨기」부분

겉의 딱딱함, 그 안의 물컹함을 확인하기 전까지 당신은
바깥에 머문 사람이었다. 겉의 딱딱함은 안을 볼 수 없도록
할 뿐 아니라 안으로 스미는 것을 방해한다. 허락하지 않는
저항으로 규정될 수 있다. 안과 밖을 명확하게 획정하거나
일정 거리에 서로 존재함으로써 접촉 같은 감성적 지각을
원천 차단한다. 일인칭 화자 '나'와 '당신'이 거리나 위치를
변화시키지 않는 한 감응이나 사랑, 연민이 생겨날 수 없다.

하지만 사람의 일은, 관계는 예측 불가한 측면이 있다.
처음에는 "확, 시선을 끌어당"(「확」)긴다. 그러다가 겉과 속
이 다른, "여태 상상했던 이야기와/ 많이" 다른 당신의 실체
를 파악하고는 "낭떠러지를 돌아"볼 만큼 힘겨운 날들을 견
뎌야 한다. "쉬운 선택이 생의 발목을 잡"(이하 「확」)고 "몇
번의 외출"이 잘못됐음을 느꼈지만, 이미 되돌아가기에는
너무 멀리 왔다.

후회하기에도 너무 늦었다. 당신이라는 딱딱한 물성을
참고 견디는 수밖에 없다. "울음이 넘칠 듯 찰방거려도 넘
치지 않는"(이하 「울음통」) 커다란 울음통을 가지고 있기에
가능한 일이다. "아무에게도 따지지 않는", 원망하지도 않

는다. 울음을 삭여 안으로 깊어지면서 상처의 시간을 견딘다. "내 안의 바람"(이하 「낭떠러지」)을 다 쓰러뜨리고서야 겨우 "당신, 하고 불러본다". 그러자 "철부지로 울"(「몽환」)던 당신은 비로소 안의 물컹함을 내보인다. "처음 겪어보는 사랑의 신호"(「데자뷔」)에 "서성이는 당신, 가지 말"라고 붙잡는다. 사람에, 사랑에 대한 인식의 변화가 찾아온다.

상처는
날카로운 것에서만 생기는 게 아니었어
입속에 사탕을 가득 넣었던 어머니
시뻘건 피 머금고
빙그레, 불그레, 찡그리며 웃으시네
두 손 가득 움켜쥔 달콤함과
꽉 다문 입술 밖으로
홍건히 젖어나는 저 붉은 힘

단맛의 고통일까 고통의 단맛일까
한평생 달콤함을 가장한 상처의 뒷맛일까

사탕이
달콤한 것만은 아니었네
동그란 몸속에 숨긴 배반의 가시
입속에 갇힌 어둠의 벽을 찌르고
피투성이로 탈출하는 것이야
모든 쓴맛을 뱉으려는 내 손가락에 맞서는

저항의 맛이었네

달콤함에 목마른 그대들 앞에서
나는 오늘 기어코 보고 말았네
그대 이미 갇힌 입속의 아픔도
상처의 흔적도
굳어가는 혀 밑으로 모두 숨기고 싶은
어머니의 마지막 종교였다는 것을

—「달콤한 힘」 전문

딱딱함 안에서 '물컹한 사랑'을 발견한 시인은 달콤함에
서 "상처"를 떠올린다. 화자 '나'는 상처, 그 자체보다 상처
를 유발하는 방식과 대상에 시선을 둔다. "상처는/ 날카로
운 것"에 의해 생긴다는 고정관념이나 상식이 흔들린다. 오
랜 병환에 어머니의 입속은 온통 "쓴맛"이다. 그 쓴맛을 일
시적으로 저감할 수 있는 것이 바로 "사탕"이다. "입속에 사
탕을 가득 넣"은 어머니는 "시뻘건 피 머금"은 채 "찡그리며
웃"는다. 입속의 상처보다 입속의 쓴맛이 더 고통스럽다.

화자는 복잡미묘한 어머니의 표정에서 가장된 삶을 떠올
린다. "한평생 달콤함을 가장"하면서, 고통을 숨기면서 산
것은 아닐까. 사탕 속에 숨어 있는 "배반의 가시"는 어머니
를 찌르고 있지만, 실제로는 그런 어머니를 지켜보고 있는
'나'를 찌르는 것임을. 인생이 달콤한 것만은 아니라는 깨달
음. "어머니 가슴에서 무시로 따끔거리는"(「성호를 긋다」)
못이 깊이 박혀 있다. 가시와 못, 성자의 모습이다. 그런 어

머니가 다저녁에 "다 삭은 밥알을 물고/ 숨만 고르고 있다"
(「덤」). 그런 와중에도 어머니는 "입속의 아픔도/ 상처의 흔
적도" 다 숨기고 있다. 그런 어머니의 성정에서 화자인 '나'
는 "마지막 종교"를 목도한다.

> 용케도 견디던 시간 위로 몇 번 속도가 더 쓸려나가자
> 납작해진 귀, 목소리는 죽어버렸다
> 제 목소리 들을 수 없어 슬픈 귀 바닥에 엎드렸을 때
> 들리기 시작하는 풀벌레 울음소리,
> 감긴 눈으로 듣고 낮은 귀로 듣는다
> 몸져누운 아버지 귀가 사립문보다 먼저 바깥을 들어앉
> 히곤 했다
> 납작해질수록 먼데 소리 잘 들으시던 아버지 목소리를
> 잃은 후
> 세상 모든 소리 듣고자 스스로 바닥이 되었다
> 너무 멀어진 저녁은 다시 오지 않았지만
> 언제쯤 소리의 음각 가까이로 내 귀는 열릴까
> 바람을 향해 내지른 양철북 같은 내 목소리에 조용히
> 귀를 틀어막는다
>
> —「낮은 귀」부분

어머니뿐 아니라 아버지도 아프다. 아버지가 몸져눕자
행복한 저녁 시간은 "너무 멀어진"다. 모여야 할 식구들은
저녁이 되어도 귀가하지 않는다. 가족의 해체, 불행의 시작
이다. "목소리를 잃던 날" 아버지는 눈 감고 귀마저 닫아버

렸다. "슬픈 귀 바닥"에 대고 "세상 모든 소리 듣고자" 했다는 것은 반어법이다. 오히려 아버지는 "바닥" 그 자체가 되어 세상과 담을 쌓고 산다.

몸이 아픈데도 "먼저 바깥을 들여앉"혀 "먼데 소리"를 잘 듣지만, 정작 가까운 소리는 외면한다. 갈등/불화의 일차적 원인은 아버지의 병환이지만, 그 병환이 촉발한 식구들과의 대화 단절과 외면이다. "용케도 견디던 시간"을 무너뜨린 것은 "몇 번의 속도"다. 속도는 시간뿐 아니라 청각과 "목소리"까지 죽인다. 말과 귀가 닫히면서 소통은 서로 다른 세상에 존재하는 듯 단절된다. "소리의 음각"이 의미하듯, 한쪽은 완전히 닫혀 있다. 화자인 '나'는 "내 목소리에 놀라" "귀를 틀어막는다". 이제 아버지는 "나의 허공에 기거"(「자라는 허공」)한다. 행복한 저녁 시간은 오지 끝내 않는다.

이 추위 끝나면
긴 생머리를 짧게 잘라야지
먹빛 털 코트 벗어 아궁이에 넣고
목선 훤한
시스루룩으로 봄을 유혹할 거야

귀퉁이마다 창문 열어젖혀
켜켜이 쌓인 겨울 무게가 바람 앞에 주억거리면
이때다, 탈탈 털어 이별할 거야
언 땅의 꽃씨도
봄의 유혹에

우주를 들어올리지 않더냐

봄 햇살이 내 방으로 뛰어든다면
그리던 사람을 만난 그날처럼
오래도록 포옹하고
창 활짝 열어놓은 채
누가 보란 듯 키스도 해야지
옥빛 침대에 깔린 햇살은
제 몸에 연둣빛 멍 생긴 줄 모르고
까르르, 샐쭉, 삐쭉, 비웃을지라도

—「유혹」전문

그래도 희망은 있다. 식구들이 다 모이지 않아도 저녁은
오고, "추위가 끝나면" 봄이 찾아온다. "초저녁에 잠을 꺼내
입자"(이하「이월과 삼월 사이」) "꽃잠이 보인다". "놓쳐버린
꽃잠의 열쇠"로 "새로운 회로"를 연다. 안을 열어 밖을 들인
다. 가장 먼저 만나는 봄, 겨울의 무게를 털어낸다. "슬픔에
서 빠져나오려"(「사라지는 허공」) 구체적인 계획을 세운다.

그 첫 번째가 "봄을 유혹"하는 일이다. 유혹은 나를 내려
놓고 마음의 문을 여는 행위다. 내 안에 봄을 들어 어두운
"귀퉁이마다 창문(을) 열어젖"힌다. 바람이 들어오고, 마음
을 짓누르고 있던 것들과 "탈탈 털어 이별"을 선택한다. 그
두 번째는 "창 활짝 열어놓은 채/ 누가 보란 듯 키스"를 하
는 일이다. 적극적인 유혹이지만, 희망사항이다. "긴 생머
리를 짧게" 자르거나 "털 코트(를) 벗어 아궁이에 넣"는 일

은 과거와의 단절, 새로운 결심을 뜻한다.

새로운 길로 나설 것임을 암시한다. "봄의 유혹에/ 우주를 들어올리"는 꽃씨는 자아를 상징한다. 광대한 상상력과 깨달음의 문장이다. 당연히 "언 땅"은 서사적 구조를 파악할 수 있는 여러 의미망이다. 즉 아버지와 어머니로 대표되는 아픈 가족사, "함부로 휩쓸"(이하 「물의 뿌리」)려 "흘러보낸 젊은 날들", "속내를 보이지 않는 당신"(「당신 사랑은 16브릭스」), 그리고 이 모든 상황에서 자유롭지 못한 자아다.

구체적인 계획의 세 번째는 바로 시를 쓰는 일이다. "중얼거림으로 원고지를 채우며/ 사방이 투명한 내일"('시인의 말')을 기약하기 위해서는 "능력 없는 스토리텔러"(이하 「스토리텔러」)가 아니라 "액화되지 못한 이야기들"을 시로 풀어낼 줄 아는 시인이라는 자부심과 자존감을 회복하는 일이 중요하다. 그리한다면 "현실의 질곡"(이하 「시인이 아닌」)에서 벗어나 "가슴에 품고 산" 이야기들과 상상을 사물을 통해 풀어낸다면 어느 한순간 시의 정상에 오른 자신과 만날 수 있을 것이라고.

무섭지 않아 엄마,
꼭대기까지 갈 거야

—「오카리나」 부분

현대시세계 시인선 **177**

모나리자 증후군

지은이_ 성은경
펴낸이_ 조현석
기　획_ 김정수, 우대식
펴낸곳_ 북인
디자인_ 푸른영토

1판 1쇄_ 2025년 03월 03일
출판등록번호_ 313 - 2004 - 000111
주소_ 121 - 842 서울 마포구 서교동 460 - 34, 501호
전화_ 02 - 323 - 7767
팩스_ 02 - 323 - 7845

ISBN 979-11-6512-177-8　　03810
ⓒ성은경, 2025